AF561633

TAN LEJOS, TAN CERCA

ExLibric

ALEXIS SOSA GIL

TAN LEJOS, TAN CERCA

EXLIBRIC
ANTEQUERA 2022

TAN LEJOS, TAN CERCA
© Alexis Sosa Gil
Diseño de portada: Dpto. de Diseño Gráfico Exlibric

1ª edición

© ExLibric, 2022.

Editado por: ExLibric
c/ Cueva de Viera, 2, Local 3
Centro Negocios CADI
29200 Antequera (Málaga)
Teléfono: 952 70 60 04
Fax: 952 84 55 03
Correo electrónico: exlibric@exlibric.com
Internet: www.exlibric.com

Reservados todos los derechos de publicación en cualquier idioma.

Según el Código Penal vigente ninguna parte de este o
cualquier otro libro puede ser reproducida, grabada en alguno
de los sistemas de almacenamiento existentes o transmitida
por cualquier procedimiento, ya sea electrónico, mecánico,
reprográfico, magnético o cualquier otro, sin autorización
previa y por escrito de EXLIBRIC;
su contenido está protegido por la Ley vigente que establece
penas de prisión y/o multas a quienes intencionadamente
reprodujeren o plagiaren, en todo o en parte, una obra literaria,
artística o científica.

ISBN: 978-84-19520-33-3
Depósito Legal: MA 1706-2022

Nota de la editorial: ExLibric pertenece a Innovación y Cualificación S. L.

ALEXIS SOSA GIL

TAN LEJOS, TAN CERCA

A mi hijo Adrián, mi acicate y la persona
que hace que me levante cada mañana de la cama.

A Vanessa, mi mujer, mi compañera, mi amiga y confidente,
mi mayor crítica, pero también mi mayor fan.

Estimado lector, el volumen que tiene entre sus manos no deja de ser un conjunto de líneas, con cierto orden cronológico, dispuestas aquí y así por un servidor, un individuo con ínfulas de escritor y que cree que las andanzas y vivencias (inventadas en la mayoría de los casos y exageradas en unos pocos) de un *pollanco* durante la posguerra civil le pueden resultar si no reveladoras de aquella Canarias rural, sí por lo menos una lectura entretenida.

Si, tras la advertencia previa, aún le han quedado ganas de seguir leyendo esta magna obra, dicho esto con toda la sorna e ironía del mundo, también he de pedirle perdón. Sí, perdón. Perdón porque ha debido de gastarse sus buenos duros en este puñado de hojas y, francamente, no sé si habrá merecido la pena. Dependerá de usted. Gracias. Entremos en materia.

Las moiras tuvieron a bien hilar para mí una existencia llena de sinsabores, dura como el cromo y larga, muy larga, como la esperanza del pobre. Hoy, pensando que mis experiencias podrían serle de enseñanza (sobre todo de lo que no hay que hacer), me he decidido a poner negro sobre blanco lo que estos años han labrado en este ajado rostro y en esta alma perdida entre el desasosiego por lo vivido y la desesperanza de un futuro a buen seguro exiguo.

Es curiosa y misteriosa la mente humana. La causa de por qué recordamos ciertas cosas y no otras es algo que mi cabecita loca no acierta a vislumbrar. No recuerdo qué almorcé hace dos días, pero en mi lóbulo temporal permanece vívida una imagen que mis pueriles ojos atinaron a vislumbrar hace ya casi cien años. Yo estaba en la puerta de la casa familiar, observando admirado la calle empedrada de *callaos* que se extendía unos pocos metros más allá, hasta el barranco del pueblo.

Recuerdo estar sujetando la falda negra de mi madre cuando el ruido acompasado del *jareteo* de un camello presagió su inmediata e imponente visión. Nunca vi, que yo recuerde, animal tan impresionante. Mi madre debió de notar mi honda impresión al ver al ungulado, ya que acarició mi rizada cabellera y me dedicó una sonrisa de complicidad que me reconfortó al momento. Ahora que lo pienso, no sé si tengo tan presente ese recuerdo por la visión de tan enorme bestia o porque el gesto de cariño de la persona que me engendró fue el único de esta clase que tuvo hacia mí.

El camello iba guiado por un hombre con turbante. Era Bartolito el Árabe. Cuando fui creciendo, pensé que Bartolito no parecía un nombre muy árabe. Al parecer, no era su nombre real, sino algún *dichete* que le puso en su día alguien incapaz de pronunciar su nombre de origen, y con él se quedó. Era un misterio cómo y cuándo había llegado Bartolito a la isla. Había quienes decían que estuvo en la guerra ayudando a uno, el que ganó, y que luego ya no quiso regresar a su tierra. Pero estaban equivocados; había llegado antes, mucho antes. Dominaba el idioma y, cuando la guerra estalló, él ya era mayor para ser llamado a filas, al menos como soldado. Aunque me consta que colaboró como intérprete entre las fuerzas africanas que estuvieron acantonadas en el pueblo y los autóctonos aldeanos.

Bartolito se dedicaba a la fabricación y venta de productos de marroquinería y de talabartería. En tan noble arte era un notable maestro. Alforjas, vainas para los *naifes* y zahones eran algunos de los productos que el artesano elaboraba con sumo cuidado y con exquisito gusto.

Me quedé embobado viendo a aquel animal tan grande y fuerte mientras se alejaba, cuando de repente Pepito el Mutilao salió de su casa asiendo con su única mano una bacinilla. Con mil y un trabajos la llenó con los cagajones del camélido. Miré a mi madre inquisitoriamente esperando una respuesta. Ella se limitó a cerrar la puerta y suspirar. Con el tiempo supe que los excrementos desprendían algún tipo de gas que servía como combustible para hacer fuego con que calentar las estancias de las casas. Tiempos duros.

Según me dijeron, Pepito el Mutilao, nuestro vecino, había trabajado en las máquinas que servían para elevar las aguas de los acuíferos del subsuelo hasta los *albercones* donde se almacenaba y desde donde, a través de cantoneras y canales, se llevaba hasta las inmensas fincas de plataneras de la vega de la ciudad y los extensos llanos adyacentes para irrigarlos a conciencia. Quiso el destino, o una avería, que una de estas máquinas dejase de funcionar. Pepito, inconscientemente, metió la mano entre los engranajes, que, celosos de ver ultrajada su intimidad, se violentaron y volvieron a girar y rugir de improviso, dejando atrapado el brazo velludo y musculado del bueno de Pepito.

La amputación posterior le salvó la vida, le dijeron. No estoy muy seguro de ello. No volvió a ser el mismo. Después del desgraciado accidente, el cacique para el que trabajaba y dueño de la máquina le ofreció un empleo de recadero, más por el qué dirán que por pena o remordimiento. Pero para Pepito aquel nuevo trabajo no era suficiente, (y eso que era el único de la calle, junto con mi padre, que tenía un empleo) y ahogó su desesperación por lo ocurrido en ron, o lo intentó al menos, pero la desesperanza era rebelde y solo desaparecía brevemente después de unos tragos para reaparecer más tarde con su sonrisa malévola, exigiendo su sitio junto a él y para siempre. Si quería deshacerse de ella, debía ser más expeditivo, y lo fue.

Se decía que el cacique, uno de tantos que, al albur de las inmensas explotaciones plataneras, por allí andaban y medraban, le tenía en gran estima y que lo iba a mandar a una escuela de ingeniería o mecánica, pero primero la guerra y luego el accidente dieron al traste con esos planes. Tiempo después, los extraños vericuetos del destino me llevaron a servir a la casa de este cacique, de nombre don Ezequiel de los Ríos, y supe por boca del mismo don Ezequiel que nunca tuvo ninguna intención de enviarle a esa supuesta escuela de mecánica.

Una noche, mientras se deleitaba con algunos de su gremio caciquil en su mansión tomando coñac y fumando cigarros puros que alguno de ellos había traído desde la isla *benahoarita,* se mofaba de la cara de satisfacción que ponía Pepito cuando le hablaba de una escuela que solo existía en la mente perversa de aquel ser inmundo, que tuvo el final que merecía. Pero eso es otra historia que contaré más adelante. Sí, ya le auguro que morirá. Átropos se lució con su deceso.

El cacique se burlaba de lo agradecido que le estaba el buen Pepito por haberlo librado de la guerra. En realidad, Pepito nunca fue llamado a filas. El muy canalla, con la complicidad del jefe de la Policía Local y el cartero del pueblo, le había hecho creer que así era, pero todo era una burda maniobra para evitar que se fuera a trabajar con el inglés. El inglés era un gran tipo, de él le hablaré más tarde. Las carcajadas retumbaban en toda la mansión, todos reían a mandíbula batiente. Todos, menos doña Margarita, la esposa de don Ezequiel.

La atronadora algarabía bajó en la intensidad suficiente para que don Ezequiel hiciera otro chiste, a modo de epílogo de la actuación, a costa del manco ante una platea enfervorecida, rayana en la idolatría al despótico terrateniente: «En verdad que debía tener mucho *jeito* para poder ahorcarse con una sola mano». Y otra vez los ánimos se enardecieron. Había en el ambiente cierto aire de depravación; carísimas bebidas espirituosas, conseguidas a buen seguro de estraperlo; puros hechos a mano; buena comida, cocinada en buenos calderos y servida con preciosos cucharones en platos de fina porcelana andaluza por manos expertas; y, a escasos metros, al otro lado de los gruesos muros que protegían y separaban a los patricios de la inmunda plebe, la nada, la nada más absoluta.

Muros hechos no solo de grandes piedras y bellas forjas de hierro labrado. Si solo fueran estas las barreras que nos separan, su derribo sería fácil: una buena *mandarria* y buenos brazos, que nunca faltan entre el vulgo, para manejarla diestramente bastarían. Había otros muros, y esos sí que eran (y son) inaccesibles. Muros de poder, de látigos, de chivatos delatores, de tiros en la nuca, de modosos lameculos, de amenazas, de violaciones, de simas, de policías a sueldo, de voceros de a peseta que, desde la barra de la cantina, decían al populacho qué decir, qué hacer, qué está mal y qué está bien; y de voceros de a duro que, desde artículos de opinión en tabloides de provincia y desde púlpitos finamente labrados con cruces, escribían para los que sabían leer y clamaban ante los cándidos creyentes qué decir, qué hacer, qué está mal y que está bien.

Y como ya sabrá, amigo lector, lo que hay que decir es lo que dice el cacique, lo que hay que hacer es lo que diga el cacique, está mal lo que él diga que está mal y bien lo que él diga que está bien. Sí, lo ha adivinado. No esperaba menos de usted. Los aduladores ansiosos de medra han existido siempre, formando cohortes alrededor del amo.

Así es, estimado lector, Pepito se quitó la vida. O la existencia. Lo poco que realmente era suyo. Aquella maldita máquina le quitó el brazo, pero aquel maldito hombre le quitó su alma, su gallardía, sus ganas, todo o casi todo. Nadie lloró la muerte del hombre que venía cada noche *templao* de la cantina de Lolina despertando a los perros y a todo el barrio.

Bueno, querido y admirado lector (sí, en efecto, admirado, pues haber llegado hasta aquí merece mi admiración hacia usted), empezaré por el principio de las aventuras que viví en primera persona e intentaré seguir un orden lógico. No puedo prometerle que mis aventuras y recuerdos sucedieran tal y como se lo voy a contar. Tengo muchos años, poca vista y poca memoria. En fin, allá vamos.

Me soltaron en este mundo en octubre de 1928. Al parecer, el mundo se hallaba ante una crisis económica de proporciones bíblicas. Si le soy sincero, los primeros años de mi vida transcurrieron en una crisis constante, como la de cualquier pobre, supongo. En aquellos tiempos solo había dos clases sociales: los ricos, terratenientes y aguatenientes, que además eran médicos, abogados y maestros; y los pobres, que ya le digo yo que éramos muy pobres a pesar de deslomarnos trabajando o lo que hiciese falta. Usted siga leyendo y ya sabrá a qué me refiero.

Me tocó nacer en la madrugada de una noche lluviosa. Según me contaron, «estaba el diablo suelto». Mi padre, *Mastro* Mariano, tuvo que ir con cierta urgencia a buscar a Juanita la Partera. Eran las tres de la mañana, llovía a chorros y todas las empedradas calles del pueblo estaban embarradas. Mi «buen» padre se cayó dos veces mientras subía por la calle del Reloj. A lo largo de toda mi vida escuché esta historia mil veces. Cada vez que tenía la osadía de replicar en algo a alguno de mis «amantes» progenitores debía escuchar la historia de marras y la aventura que supuso ir desde mi casa hasta la de la comadrona.

Juanita la Partera era una mujer menuda, levemente encorvada, aunque los recuerdos que tengo sobre ella son difusos y de años posteriores, cuando volvía cada año a ayudar a mi madre a dar a luz a otro vástago que aportara, con el paso del tiempo, brazos para su sostenimiento y comodidad. Cuando nací, ella debía de tener unos cuarenta años, aunque estuvo ejerciendo su profesión hasta bien entrados los ochenta. Estimo que todas las personas del pueblo, o muchas de ellas, que nacieron entre 1925 y 1965 lo hicieron con su ayuda.

Además de su *jeito* para atender alumbramientos, tenía una pequeña tienda, de las «de aceite y vinagre». Como casi todos, «escapaba» como buenamente podía. La recuerdo siempre envuelta en su traje negro y con un pañuelo, también negro, anudado al cuello. Juanita era viuda. Sobre su marido y cómo murió nunca se supo, o más bien no se quiso saber. Ese hecho estaba cubierto por un velo tan negro y tupido como el perenne traje que era ya parte de su ser. La realidad es que mucha gente sí sabía qué había ocurrido con Agustín, que así se llamaba. Agustín el Comunista.

Con el tiempo, y en pequeños conciliábulos con la complicidad de las oscuras noches invernales y a la luz de las velas, pude confirmar por boca de un testigo (no del óbito, pero sí de la confesión de uno de los asesinos) lo que ya imaginaba. Al pobre Agustín le hicieron el paseíllo, como a tantos otros.

Por lo que me dicen de Agustín, era un hombre excelente, que fiaba a los pobres que no tenían ni para pagar una cuarta de aceite en su tienda y que tenía el «defecto» de decir siempre lo que pensaba. Eso lo mató. En aquellos tiempos, tener determinados pensamientos, contrarios a los de los que ganaron la guerra, tenía menos posibilidades de salvación que hoy una metástasis. A Agustín eso no le importaba.

La cantina de Lolina era tierra de nadie. Estaba en la calle principal del pueblo. Apenas disponía de seis mesas y una amplia y destartalada barra. Todos, los de un lado (los ganadores, que se vanagloriaban) y los del otro (los perdedores, que callaban), iban a echarse el *buchito* de ron o de vino y a jugar al *envite* o al dominó. Acudían allí desde soldados, policías y falangistas hasta pequeños propietarios venidos a más. En una mesa estaban Juan Luis, un falangista redomado; *Mastro* Alberto, el molinero; Martín, el cabo de la policía; y Herminio, el *estelero*.

Como ya ha podido observar, mi querido lector, las profesiones de los protagonistas de esta historia se convertían casi en su tercer apellido. En aquellos tiempos no había demasiada variedad de nombres y el oficio se convertía en la mejor manera de referirse a alguien; verbigracia, había muchos Albertos en el pueblo, pero solo un molinero. También pasaba que los nombres, como los apellidos, se heredaban y se perpetuaban generación tras generación, y así convivían Juan el Viejo y su hijo, Juan el Nuevo.

Herminio andaba nervioso, ya que una de sus hermanas estaba a punto de dar a luz y había tenido que ir a avisar a Juanita para que fuera a asistirla. Ese fue el punto de partida de una conversación que derivó en una confesión que tendría su correspondiente penitencia, quizás tardía. El ardor que generaba en los estómagos la ingesta incontrolada de ron comenzó a ascender hasta el cerebro del tal Juan Luis, y de allí a bajar en forma de bravuconería hasta su lenguaraz bocaza llena de dientes mellados. Así hablaba este elemento a sus tres contertulios:

—Ja, si yo les contara lo que le hice al marido de esa bruja —comentó en alusión a Agustín, el marido de Juanita.

En ese instante se produjo uno de esos momentos tan raros que suceden muy de vez en cuando. Ante aquellas palabras, se pasó de un ambiente distendido en el que unos jugaban, otros bebían y todos hablaban a un silencio sepulcral, esperando la siguiente frase que saldría por aquella boca siniestra. Martín lo miró seriamente y le conminó a callarse.

—¿Qué? —contestó Juan Luis a la afilada mirada del jefe de policía—. A estas alturas ya todos lo saben.

En realidad, todos tenían sospechas, pero a ciencia cierta nadie sabía qué había pasado con el bueno de Agustín, salvo que estaba muerto. Y ni siquiera aquello era una certeza.

—¡Cállate! ¡Estás *templao!* —le dijo Martín a voz en grito.

—¿Te crees que porque llevas una pistola te tengo miedo y voy a acatar tus órdenes? Yo no soy uno de esos *machangos chafalmejas* que tienes bajo tu mando en la Policía —respondió el otro mientras acercaba el vaso de ron a sus labios temblorosos.

Por un momento, Martín pareció echar mano de la pistola, pero ahí quedó la cosa. El otro siguió contando la historia a una audiencia que ya ni jugaba ni bebía, solo escuchaba. Juan Luis debió de sentir que nunca había tenido tan nutrido público y no perdió la oportunidad de relatar su vil asesinato o, al menos, su participación en él.

—Sabíamos que su mujer había ido a asistir un parto, así que paramos aquí, justamente en esta cantina, para echarnos el *buchito* pertinente que nos hiciera entrar en calor —explicó jactándose ante los allí presentes, que, por no hacer nada que interrumpiera la narración, casi ni respiraban.

Martín se arrellanaba en su asiento, nervioso e incómodo. Juan Luis prosiguió:

—Cuando llegamos a su casa, su dichoso perro no paraba de ladrar, así que le descerrajé un tiro. —Un murmullo de sorpresa surgió del expectante público. No duró mucho, pues la audiencia quería escuchar el resto de la historia.

El narrador disfrutaba el momento. Vertió de la botella de ron que estaba sobre su mesa otro *pizco* y se lo tomó de un trago. Tras unos segundos de espera para que su garganta se recuperara del contacto con el alcohol, continuó:

—Tranquilos, tranquilos, que queda lo mejor —anunció este perverso sinvergüenza, sabiéndose en su momento de gloria—. Agustín bajó como una centella. Estaba ridículo, descalzo y en calzoncillos. Se encandiló con la luz de las linternas y los faroles que llevábamos y se tapó un momento los ojos. Cuando estos se acostumbraron a la luz, miró sorprendido el cadáver de su perro con la cabeza destrozada y luego nos miró a nosotros, a cada uno de nosotros. Era una mirada de odio visceral. ¿Lo recuerdas, Martín?

No llegó a decir nada más. La detonación se oyó en todo el pueblo y el fogonazo brilló por un segundo en el tenue ambiente de aquel garito de mala muerte. Martín le acababa de pegar un tiro, justo entre ceja y ceja.

Tras el disparo, hubo quien salió despavorido de la cantina y otros, aún en estado de *shock,* apenas podían mover un músculo. Lo cierto es que los efectos que en todos causaba el ron se evaporaron al instante.

Ventura, el segundo al mando de la Policía después de Martín y su acólito más recalcitrante, llegó al rato, trastabillándose al tiempo que trataba de ajustarse el cinto a su voluminosa barriga.

—Métanse para dentro —alcanzó a decir, ya casi sin respiración debido a las prisas, a los que se asomaban a las ventanas a ver qué estaba sucediendo.

Casi al tiempo que llegaba Ventura llegó también Ezequiel de los Ríos. Qué era lo que pintaba ese señor allí y cómo se había enterado de lo acaecido puede resultarle, amable lector, un misterio, pero he de recordarle que al cacique del pueblo información, buena o mala, siempre le sobra. Alguno de los lugareños que salieron pitando tras el incidente iría como un *rehilete* corriendo a su mansión a contarle el chisme. Igual pensó que eso le granjearía algún tipo de gratitud por parte del terrateniente.

Por lo que contaron luego algunos de los que allí se quedaron, Ventura no hizo nada sin contar previamente con el visto bueno de Martín y este, antes de tomar cualquier decisión, buscaba con la mirada la tácita aprobación en el adusto semblante de De los Ríos. Ezequiel musitó algo al oído de Martín, quien de inmediato mandó a todos los allí presentes a la calle, incluyendo a la dueña de la cantina, Lolina. Nadie, ni siquiera ella, se atrevió a protestar. Tan solo se limitó a decir:

—Cuando terminen, echen la puerta para acá, que mañana temprano vengo a limpiar.

Así que todos fueron saliendo por la puerta, calladita la boca, obedientes como ovejitas ante los ladridos del perro pastor. Sin embargo, don Ezequiel paró a Alfredo, un hombre de unos treinta años que padecía algún tipo de trastorno mental (no era muy completo, decía sobre él su madre, doña Josefina) y que se ganaba el pan haciendo recados, y así le dijo:

—Vete a buscar a Aquilino y dile que venga aquí, que lo digo yo.

—¿Qué Aquilino? —contestó Alfredo

—¿A cuántos Aquilinos conoces tú en el pueblo, *tolete?* —le espetó Ezequiel gritándole en la cara, así que Alfredo se encaminó a la casa de Aquilino.

Aquilino Peña era el juez de paz y, una vez recibido el recado, se presentó solícito en la cantina de Lolina pensando que De los Ríos le iba a invitar a unos *pizcos*. Lo que se encontró al llegar, obviamente, no era lo que esperaba.

Al parecer, a don Ezequiel, que era tan listo como ruin, se le ocurrió la brillante idea de convertir el asesinato a sangre fría de Juan Luis a manos de Martín en un desgraciadísimo accidente por mor de la dichosa bebida. El atestado diría que Juan Luis y Martín, envalentonados por el ron, se pusieron a jugar a la ruleta rusa con el revólver del policía y ocurrió lo que nadie quería.

Al representante de la justicia le pareció bien la idea, pero objetó que había muchos testigos. Aquilino pensó que se había dado cuenta de algo que Ezequiel había pasado por alto y esperaba una felicitación por tal deducción, pero lo que recibió fue un sonoro bofetón que le hizo soltar alguna lágrima:

—¡Eso ya lo tengo pensado, simplón, que eres un simplón! ¡A ver si te crees que he llegado donde he llegado dejando cabos sueltos! —exclamó De los Ríos.

Ezequiel tenía muy buenas razones para proteger a Martín. Era uno de sus más fieles correligionarios y siempre se sirvió de él para mantener el orden (su orden) en el pueblo. Temía que si

Martín caía en desgracia, sin nada que perder, contara todas las correrías que habían protagonizado juntos. Martín sabía dónde estaban enterrados todos los «desaparecidos». Era él quien, con mano diestra, manejaba la pala. Ezequiel no se manchó nunca ni sus manos ni su traje de lino blanco. El platanero y el policía no temían tanto la acción de la justicia, que nunca les alcanzaría, como el afán de venganza de algún familiar de los fallecidos.

A base de balas en la nuca, se había hecho con un buen puñado de tierras. Lógicamente, no podía decir abiertamente lo que había hecho, pero ya se encargaba de que sus adláteres fueran regando por los predios cercanos el «yo que tú se las vendería». Eso acortaba plazos y los pobres que vendían por un duro lo que valía cinco terminaban trabajando para el cacique. Seguían viviendo. Seguían existiendo.

Sea como fuere, lo cierto es que sobre el asunto se echó tierra, nunca mejor dicho. Juan Luis se fue a hacer compañía al arcángel San Gabriel y su corneta mucho antes de lo que, seguramente, esperaba. Su viuda y su hijo mayor, ya medio *pollanquillo,* entraron a trabajar en el almacén de empaquetado de plátanos de Ezequiel. Ventura ocupó el puesto de Martín, quien, oportunamente, había ascendido en el escalafón y debía trasladarse a Las Palmas de Gran Canaria. Aquilino se quedó con el bofetón en espera de su momento. Los demás callaron. Todos ellos dependían de una forma u otra de Ezequiel. Era el amo, como se referían a él quienes trabajaban en sus plataneras (amo de las plataneras y de sus almas). También era el único que compraba los plátanos a los pequeños cultivadores que tenían unas *cadenillas* por allí. Y ya de paso, por el mismo precio, también compraba sus voluntades.

Perdone mi amabilísimo lector si pierdo el hilo de la narración. Ya le conté cómo fue mi nacimiento y cómo se mantenía vívido en mi mente el recuerdo del camello de Bartolito. Le contaré ahora alguna de mis aventuras en mi más tierna edad.

No sé hasta qué punto puedo justificar mis acciones por aquella época. Siempre puedo decir que lo que hice lo hice obligado por mis padres y que estos, a su vez, lo hicieron obligados por las dificultades y penurias que les tocó vivir. No estoy en absoluto orgulloso de lo que hice. No estoy en absoluto orgulloso de los destrozos que causé. No estoy en absoluto orgulloso de la persona que fui.

Era noche cerradísima cuando Genoveva, mi «amantísima» madre, zarandeó mi cuerpecito de apenas diez años y así me dijo:

—Venga, a por la hoja.

Sí, lector, eso sucedió tal que así, no se sorprenda. Eran tiempos duros y la hoja de platanera tenía cierto valor. La cogíamos, la apañábamos, la sisábamos, la robábamos… Elija usted el verbo que más estime conveniente. Luego nuestra madre la vendía a los almacenes de empaquetado de plátanos. Allí la utilizaban para proteger la fruta en sus largos viajes hasta Gran Bretaña y la península ibérica.

A los finqueros no les gustaba, como era lógico, que anduviéramos por sus predios. Argüían que con nuestras pisadas descuidadas les rompíamos los camellones y los riegos y que, además de hoja, robábamos fruta. Y tenían razón. De nada valen las pruebas que en mi defensa le pueda presentar, amigo lector. No puede servir de eximente, pero sí al menos de atenuante, que pasábamos mil penurias.

Podría aducir que limpiábamos los surcos y los canales de riego de hojarasca y que incluso, si alcanzábamos hasta el racimo, le quitábamos la *florilla* a la fruta para ahorrarles algo de tarea a los cultivadores, pero no era suficiente para justificar que lo que nos llevábamos era el pago a nuestro trabajo. Robábamos.

Así que en plena noche y junto con mi hermano Félix, un año mayor que yo, me encaminé barranco arriba mirando a derecha e izquierda aquel mar de plataneras, que se extendía más allá de lo que nuestras miradas infantiles podían abarcar. El tañido solitario de la campana de la iglesia rasgó el silencio de la noche, haciéndonos dar un pequeño respingo. Félix preguntó retóricamente qué hora era. Podían ser las medias o la una de la mañana. No lo sabíamos y tampoco importaba demasiado, así que seguimos andando a por el botín. No tenía ni siquiera conciencia, en ese momento, de estar haciendo algo malo. Era lo que tenía que hacer y lo hacía como buenamente podía.

Nos metimos en una finca, una de tantas. En ese momento justo sonaron dos campanadas. Ahora sí estábamos seguros de la hora que era. De poco importaba, pero eran las dos de la mañana. Con mil y un esfuerzos amarramos los puñados que habíamos juntado con tiras de garepas de plataneras. Eran resistentes y una manera «cómoda» de acarrear la hoja. De repente llegó hasta nosotros el aromático y característico olor a tabaco. No puedo olvidar la cara de Félix, que no debía de diferir mucho de la mía, cuando caímos en la cuenta de que alguien, bien el amo de la finca o bien algún guarda, estaba cerca.

No hicimos ningún ruido. Las pisadas en la hoja seca habrían delatado nuestra presencia. El penetrante olor del tabaco parecía estar cada vez más cerca de nuestra posición. Entonces lo vimos. Era Juan el de la Cicatriz. Era este un hombre cruel y pendenciero, con fama de echar mano a la navaja a las primeras de cambio. Su *dichete* le venía impuesto por la marca que atravesaba su cara de arriba abajo, huella indeleble de alguna de sus reyertas, de las que le gustaba presumir mientras se echaba sus *pizcos* en la cantina de Lolina. Lo habíamos visto por el pueblo y por eso lo reconocimos. Tras él, su perro. Su visión nos horrorizó aún más. Primero por su tamaño, grande como un día sin pan, y segundo porque pensamos que se percataría de que alguien andaba por allí por su olfato, pero por suerte no fue así. No sabemos si el nauseabundo olor del tabaco que fumaba su amo lo despistó. De esa «escapamos».

Aún con el susto en el cuerpo, salimos de allí muy lentamente y sin hacer ruido. La hoja, apañada con tanto esfuerzo, allí se quedó. Al día siguiente, cuando los peones la vieran, se darían cuenta de que alguien había entrado y seguramente pondrían más medios para evitar nuestras indeseables incursiones, así que no podríamos ir por aquella zona en unos días.

Nos dispusimos a volver sobre nuestros pasos, pero Félix observó que si volvíamos a casa sin hoja, Genoveva, que a esa hora dormía a pierna suelta, se iba a enfadar.

—Vamos a la madriguera del Muro Alto a comer algo y luego buscamos otra finca en la que apañar algo —propuso.

Llamábamos madrigueras a unos hoyos que practicábamos en sitios estratégicos y en los que guardábamos plátanos, higos, tunos y hasta huevos.

Hacia allí nos encaminamos. Los balidos lejanos de alguna cabra y los rebuznos de algún burro encelado nos acompañaron. Comimos un par de plátanos, un poco verdes a mi cuenta, y nos echamos a dormir.

El canto de un gallo nos despertó. Buscamos otra finca donde coger el *puño* de hojas o lo que pudiéramos y volvimos a casa lo más rápido posible a fin de no encontrarnos con los peones de las fincas, que iban temprano a trabajar para aprovechar la fresca de la mañana.

Genoveva nos recibió con mala cara e interrogándonos acerca de qué había pasado y dónde habíamos estado. Le contamos lo de Juan el de la Cicatriz, pero no lo de la madriguera, obviamente. Era nuestro secreto. Nuestra querida madre escuchó atentamente el relato y a la postre nos dijo:

—A partir de mañana, vayan por separado. Así, si cogen a uno, el otro puede traer la hoja. Es bueno que haya pasado esto.

Así era mi «madre». Después de mí habían llegado a la familia nuevos miembros, nuevas bocas que alimentar, a las que dar cobijo, vestido, todo. Debería ser comprensivo con el contexto que le tocó vivir y entender su trato. Vista en perspectiva, su existencia tampoco debió de ser fácil. En todas las épocas, las mujeres siempre se llevan la peor de las partes.

A la siguiente madrugada, Félix y yo salimos juntos y, al llegar a un cruce de caminos, él siguió a la izquierda rumbo las fincas de Mr. Levine, el inglés, mientras que yo me fui a la derecha, hasta las fincas de un lugar conocido como San Isidro. Estuve andando unos diez kilómetros, calculo yo, sin más compañía que el canto de algún búho, siempre vigilante, y el ladrido lejano de algún perro, atado a su larga cadena custodiando fincas y ganado. No había perros callejeros por allí, les hubiera sido imposible sobrevivir.

Debían de ser las tres de la mañana cuando llegué a mi destino. Observé, como quien no quiere la cosa, que no había nadie por los alrededores. Los canales de riego llevaban agua hasta la finca colindante, pero no le di mayor importancia y ese fue mi error. Tranquilamente me puse a hacer mi *puñito* de hoja y, ya puestos, cogí unas cuantas naranjas y nísperos de sendos frutales que se hallaban en el centro de la finca. Tomé suficientes para darme un buen homenaje y, de paso, llenar alguna de nuestras madrigueras.

Me encaminé hacia la puerta y salí por ella como si fuera el dueño de la finca, pero *Mastro* Ignacio, el Venezolano, me vio desde las cadenas más elevadas, en forma de balcones, que tenía la finca colindante. Le llamaban el Venezolano porque había emigrado en su momento hasta América en busca de un futuro mejor, pero, dado que había vuelto y estaba regando la finca de un latifundista a las tres de la mañana, era obvio que no lo había encontrado.

Desde donde se encontraba, solo podía gritarme para que dejara lo que había «recolectado». No podía volver sobre sus pasos porque los surcos estaban inundados y la otra salida, la que usaría cuando terminara de regar, quedaba muy lejos de donde yo estaba. Además, no podía perseguirme, ya que tenía que virar las tornas para que no se rebosaran los surcos. Solo alcanzó a gritarme:

—¡Sé dónde vives y se lo diré a Panchito!

Panchito era encargado de la finca de las Cruz García, que era en la que yo acababa de estar. Era un hombre bueno, así que me encaminé tranquilamente a mi casa, creyéndome a salvo. En caso de que el Venezolano alertara a Panchito, este lo dejaría pasar. Al fin y al cabo, unas pocas hojas y alguna fruta eran una nimiedad.

Ensimismado en esos pensamientos, y previa parada en una de mis madrigueras para dejarla bien surtida, llegué a mi casa. Félix acababa de llegar; al parecer, sin ningún tropiezo. Le conté lo ocurrido.

—Díselo a la vieja por si acaso —me contestó, y eso hice.

Ella llegó a la misma conclusión a la que yo había llegado: el bueno de Panchito nada nos objetaría. Craso error. Cuando nos disponíamos a dar buena cuenta del almuerzo (gofio *sancochado*, recuerdo), llamaron a la puerta. Era Panchito, quien, casi sin poder fijar la vista en la de Genoveva, le dijo que debía dar parte a la Guardia Civil por el hurto de la hoja. Al parecer, el Venezolano había contado lo sucedido a don Eustaquio González, su jefe (su amo), un latifundista venido a menos ante el empuje de don Ezequiel y de Mr. Levine. Fue don Eustaquio quien se acercó a la tienda que regentaban en el centro del pueblo las hermanas Cruz García y les relató lo acaecido. Estas, a su vez, y sabiendo del carácter bondadoso de su empleado Panchito, lo amenazaron con echarlo a la calle si no denunciaba los hechos.

Él, bueno como nadie, quiso avisar a mi madre. Las muy pías hermanas Cruz García no se rebajaban a ir al cuartelillo a denunciar ellas mismas. Eso debía ser cosa del buen capataz. La respuesta de nuestra madre fue tajante: «Haga lo que estime conveniente», y se sentó tranquilamente a terminarse el almuerzo.

Después de hablar con nuestra madre, Panchito se encaminó al cuartelillo a interponer la correspondiente denuncia. Tras hacerlo, cruzó la calle, llamó a la puerta de la casa de las Cruz García y les dijo: «Ya está puesta». Luego se volvió a sus quehaceres.

Las hermanas Cruz García se pasaban el día en la iglesia, en la casa del señor cura y en la sede de la Sección Femenina. Si su cielo se ganaba pasando tiempo en el suelo sacro terrenal, allá arriba debían de tener ya un latifundio tan grande como el que ya poseían en la vega platanera del pueblo.

Justo cuando la «buena» de Genoveva terminaba de comer, volvieron a tocar en la puerta. Rezongando porque no la dejaban comer tranquila fue a abrir la puerta. Al otro lado, un guardia civil, quien le indicó que su hijo debía presentarse a las seis de la tarde en el cuartelillo. Ella volvió a la mesa como si tal cosa. No necesitó darme el recado. Yo había escuchado la estentórea voz del agente.

Bueno, pues para allá me encaminé. En la puerta había un guardia civil de pie, no sé si sería el mismo que había ido a mi casa a dar el aviso para que me presentara allí. Por la plaza venía Berenguer. Era un hombre grande y debía de ser bien parecido. A las beatas Cruz García se lo parecía. Siempre que lo veían les entraba a las tres una risita floja y bajaban la cabeza. Él se sabía deseado y jugaba con la coyuntura. Aprovechó, antes de cumplir su «cita» conmigo, para entrar en la tienda de las pías. Muchas risitas, alguna risotada y murmullos mientras sus furtivas miradas se dirigían al *palanquín* que esperaba en la puerta del cuartel, bajo el cartel de «Todo por la patria».

Cuando se terminó la amena conversación, Berenguer salió de la tiendita. Sus ojos azules como el zafiro se clavaron en mí y su rictus cambió de repente. Si el diablo existía, me pareció que su encarnación en la tierra y en ese momento era Berenguer. Al llegar a mi altura escupió al suelo y me sujetó por el brazo, empujándome hacia dentro del cuartel. Por un momento me pareció que mis pies despegaban del suelo. Otro guardia, que estaba sentado dentro, detrás de un escritorio, se levantó y se cuadró ante la magnánima presencia de Berenguer. Me atreví a mirarle justo en ese momento. Disfrutaba con el poder.

Llamó a Duarte, otro guardia, y los tres entramos en una habitación apartada. Abrió las ventanas que venían a dar a la calle, justo enfrente de la tiendita de las ya mentadas hermanas, que casualmente no tenían clientela y salieron a la puerta de su establecimiento para tener la mejor visión posible del espectáculo. Todos, menos yo, sabían que habría función, la función de las seis. Berenguer se apoyó en un escritorio que estaba junto a la pared, mientras que Duarte se dejó caer con desgana en una silla que había por allí. Yo quedé en medio, viéndolas venir. Durante unos veinte segundos no pasó nada, silencio absoluto. Bajé la mirada y en ese momento me pegó un halón en la moña y me hizo llorar.

—No te queda nada, zagal —me dijo. Yo no sabía qué significaban aquellas palabras.

—Pon los brazos en cruz y ponte de puntillas —me ordenó a renglón seguido.

Yo, por efecto del miedo o de las lágrimas, no entendí ni lo que me había dicho. Volvió a tirarme de la moña y él mismo me dijo qué era lo que tenía que hacer sirviendo de ejemplo. El público reía con ganas y yo lloraba desconsolado. No hubo clemencia para el ladrón de hoja. Comenzó mi tortura. Empecé a balancearme: puntillas, talón, puntillas, talón. Cada vez que me desequilibraba, guantazo de Berenguer o de Duarte. Y las damas, encantadas. Sí que me salió caro el *puño* de hojas.

Los chiquillos de mi edad que por allí corrían y jugaban se acercaban a la abierta ventana para ver el escarnio al que me sometían. Berenguer trajo un madero y me obligó a arrodillarme sobre él, diciéndome que me pusiera a rezar. Yo ni sabía qué era eso. Él me juntó las manos y me dijo:

—Así, pedazo de mierda inmunda. —Bueno, otra cosa no, pero vocabulario aprendía un rato con Berenguer.

La personificación de Mefistófeles en la tierra salió hasta la tienda de las Cruz García, que parecían reunidas en un aquelarre obsceno y libidinoso en espera del maestro de ceremonias. Aunque, en realidad, más parecía que había sido él quien había ido a pedir ideas sobre cuál sería el próximo castigo por infligirme.

Salió de la tienda henchido de poder, poder sobre un niño de diez años, y entró nuevamente al cuartel. El guardia sentado detrás del escritorio volvió a ponerse en pie y a cuadrarse, puesto que escuché el ruido de la silla al levantarse, e imaginé la cara blanca y hermosa de Berenguer, que escondía una mente malévola con su sonrisa sardónica, pensando para sí que era el amo del lugar.

Yo seguía arrodillado y Berenguer me tiró del pelo para ponerme de pie y me situó frente a un armero. No me había fijado en él hasta ese momento. Había varias escopetas, pistolas en sus lustrosas fundas, grilletes y *rabos de chucho*. Así llamábamos en el argot a una especie de látigo que debía de asemejarse a la cola de una manta raya y por eso recibía ese nombre. Me dio a elegir entre varios de los que allí había, pero yo no dije ni hice nada.

—Está bien, escogeré yo —afirmó el muy canalla.

Duarte se levantó de la silla, colocó el espaldar hacia mí para que apoyara mis pobres brazos en él y me ordenó que me bajara el pantalón. Los chiquillos seguían mirando por la ventana, pero ya no reían, mantenían un silencio tenso. Las hermanas sí que sonreían pensando: «Este ya no vuelve más». Se equivocaban, ya se lo digo, amigo lector.

El primer chuchazo restalló de tal manera que dos de los chiquillos apoyados en el alféizar de la ventana salieron corriendo y mi tremendo alarido hizo que algún perro en alguna azotea cercana aullara barruntando algo malo. «Solo» tuve que soportar dos latigazos más. Luego Berenguer me dijo que me subiera los pantalones y que me fuera para casa, no sin antes advertirme:

—La finca donde robaste hoy es de esas tres señoritas. No vuelvas más por allí o te las verás conmigo.

A pesar de salir corriendo para mi casa, el camino me pareció más largo que nunca. No paré de llorar durante todo él. Lloraba de dolor, lloraba de impotencia, lloraba de vergüenza. Lloraba. Entré en ella buscando abrigo y consuelo en mi madre, pero en aquel ambiente no hallé sino la más pura indiferencia. Solo mi hermano Félix me mostró algo de cariño acercándome un par de tunos indios.

—No llores, esto no es nada para lo que te espera. Esta noche tendrás que dormir boca abajo —me advirtió Genoveva mientras daba cuenta de un par de higos.

A estas alturas de la narración se habrá dado cuenta, amigo lector, de que la figura de mi padre queda totalmente soslayada por la de mi madre. Era *Mastro* Mariano un hombre pulcro, alto y fuerte. Tenía cierto *jeito* con la madera y de eso hizo luego su profesión. Sabía leer y escribir y conocía las cuatro reglas aritméticas básicas. Tenía cierto humor socarrón. No pasaba mucho tiempo en casa y durante el poco que permanecía en ella no hablaba mucho, salvo cuchicheos con su esposa excusándose o justificándose por algo. Ahora que lo pienso, no recuerdo ni cómo era el tono de su voz. Prueba fidedigna de sus prolongadas ausencias es que cuando nosotros nos levantábamos a las horas intempestivas que antes indiqué para ir a sisar algo, él tampoco estaba en su camastro.

Dormíamos todos juntos en la misma estancia, *arrejundatitos* unos con otros para engañar al frío cavernoso que parecía colarse por cada hendidura y por cada grieta de aquella cueva. Era por eso por lo que notábamos la ausencia o la presencia de cualquiera. En aquel momento no pensaba en los extraños horarios de trabajo que tenía nuestro padre. Con el tiempo, tuve la sospecha de que andaba metido en algún trapicheo estraperlista.

Una tarde, Félix y yo dábamos un paseo por el barranco. Nos divertíamos tirándoles piedras a los lagartos. No me juzgue usted, lector, con tanta ligereza. Éramos niños. El tedio nos obligaba a hacer cualquier cosa, por cruel y estúpida que ahora me parezca. Nos encontramos con un grupo de niños a los que conocíamos de vista y pensamos en jugar a la pelota, nuestro pasatiempo favorito.

Félix y yo nos metimos en la finca más cercana para buscar *garepas* y *pajullos* con los que elaborar una rudimentaria y original pelota. Con tiras de platanera amarramos tres horcones a modo de larguero y postes. Y a jugar se ha dicho. ¡Cuánta felicidad con tan poco!

Cuando terminamos, allí quedaron los horcones semejando un «Chamartín» un tanto rústico. ¿Qué dirían los peones cuando los vieran por la mañana, cuando *pegaran* a trabajar? Esbocé una sonrisa pensando en ello.

Nos despedimos de los otros chiquillos y enfilamos el camino a casa, no sin antes pasar por un pequeño predio cercano para coger un par de naranjas con las que reponer fuerzas y llenar el ijar. A Félix no le apeteció comer ninguna.

Tras el avituallamiento, continuamos nuestro camino, pero empecé a sentir retortijones en la barriga. «Dichosas naranjas», pensé. Ya estábamos llegando a casa, pero, como no teníamos baño, decidí aliviar mi vientre en unas *cadenillas* que por allí había. ¿Le sorprende a mi fiel lector que mi casa no tuviera aseo? Que no sea así. Complicada existencia la mía en aquellos primeros años de vida.

Félix me esperó fuera. Allí fui testigo de una escena que marcó toda mi vida y que, por mucho que intente alejarla de mi mente, la muy tozuda se aferra a ella como el pulpo a la roca. Allí, en cuclillas y acordándome de los dichosos cítricos que me acababa de comer, causantes, seguramente, de la situación, sentí pisadas en la hoja seca y murmullos. Me limpié con un poco de *garepa,* me subí los pantalones y, con sumo cuidado, me acerqué a ver quién andaba por allí. La curiosidad me podía y yo era un artista en las lides de pasar desapercibido y escudriñar todo lo que a mi alrededor ocurría sin que nadie se diera cuenta. Sin embargo, en ese momento deseé no ser tan cotilla.

Me escondí detrás de una mata de platanera para observar con prístina claridad. No daba crédito a lo que estaba viendo. Cuando se alzó el telón, metafóricamente hablando (permita mi amigo lector que intente quitar algo de hierro y morbo a la situación), el actor principal, con su habitual y perpetuo traje de lino blanco, se desabotonaba el pantalón para sacar su miembro e introducirlo rápidamente en su *partenaire* en la obra, que lo esperaba con mirada lasciva, con una mano apoyada en un *rolo* mientras con la otra se levantaba el vestido.

La escena fue breve. Tres embestidas bastaron para llegar al éxtasis. Tenga en cuenta, lector, que los caciques están demasiado ocupados como para gastar en esas cosas más tiempo del necesario. La actriz, ya lo habrá adivinado mi perspicaz lector, también me era muy conocida.

Mi madre se limpió con algo que llevaba en el bolsillo y dejó caer la falda de su vestido. Se fue sin ni tan siquiera despedirse de Ezequiel. Él estaba miccionando a unos pocos metros y giró levemente su cabeza cuando oyó los pasos de Genoveva alejándose, sin decir tampoco ni media palabra. Se sacudió y salió por el otro lado al que estaba yo. Hasta que no escuché el furor del potente motor del Mercedes del cacique no salí de allí.

—¿Estás estreñido? —preguntó Félix al ver mi tardanza, y supongo que también la lividez de mi cara.

—No —contesté secamente.

No he hablado de este asunto con nadie nunca, solo con usted, amable lector. Valore esta acción como signo inequívoco de una amistad imperecedera entre usted y yo.

¿Qué significaba aquello? ¿Mi madre quería a Ezequiel? ¿Ezequiel quería a mi madre? ¿Era aquello amor? ¿Por qué? ¿Qué pensaría mi padre? ¿Lo sabría? ¿Lo imaginaba? Intenté, sin conseguirlo, olvidarlo.

Con el tiempo, nuestras aventuras y correrías nocturnas llegaron a convertirse en rutina. Unas veces entrabamos en una finca a robar naranjas, otras irrumpíamos en alguna cadena a por higos y así noche tras noche. Conocíamos cada finca, quiénes eran sus dueños y quiénes sus mayordomos y guardianes. Solo teníamos una regla, no entrar en las fincas de don Ezequiel. Este iba aumentando a cada día su patrimonio y lo que hoy era de cualquier convecino mañana era del cacique.

Vaya usted a saber por qué, don Ezequiel quiso que todas sus fincas estuvieran bien amuralladas y que las puertas de entrada estuvieran, todas ellas, pintadas de verde. Supongo que sería un aviso a navegantes. Un aviso de que no le convenía a nadie robar en esas tierras. Así que entrábamos en cualquier finca cuya puerta no fuera verde. Además, de haber querido entrar en las de De los Ríos, no hubiésemos podido. Sus muros eran demasiado altos. Genoveva, de todas formas, lo había dejado claro desde el principio: «Las de las puertas verdes no».

Una mañana, después de una noche la mar de provechosa y cuando Magec había decidido dejar caer sobre nosotros sus rayos anaranjados, Félix y yo descansábamos tranquilamente a un costado del barranco. Habíamos dejado el botín a buen recaudo y surtido nuestras madrigueras, así que nos echamos un rato. Si volvíamos a casa, Genoveva seguro que nos endiñaba algo que hacer.

Fue entonces cuando vi a una gallina cerca de unos riscos cercanos. La seguí con la mirada y observé cómo desaparecía detrás de unos *teniques*. La curiosidad me llevó a escalar los dichosos riscos para ver por dónde estaba el ave. Al verse descubierta, cacareó, agitó las alas y salió corriendo, lo suficientemente lejos para que yo no la alcanzara. Descubrí que en el nido improvisado que allí tenía había dejado tres huevos. El nido se encontraba en una zona un poco más alta, a la que yo no podía acceder desde donde estaba. Coloqué una piedra y me subí a ella con la esperanza de alcanzar lo que me parecía, en aquel momento, un manjar y un buen desayuno. Pero la piedra se movió, perdí el equilibrio y caí rodando por entre las zarzas y las tuneras que crecían salvajes en aquellas lomas. Me *esconchabé* todo.

Félix, que lo había visto todo, tenía la tez blanca como la leche, pero, una vez que se dio cuenta de que, si bien me había dado un buen tortazo, no moriría de eso, se rio. Se rio como nunca lo había hecho. No me molestó. Su infancia estaba siendo tan dura como la mía y verlo reír me reconfortaba el alma.

Como buenamente pude y con la ayuda de mi hermano, llegué a casa. Decidí contar a la vieja que la caída había sido fruto de un «accidente de trabajo». Genoveva fue al patio, donde tenía plantada en una maceta una mata de pita sábila. La cortó y me la untó en las heridas. A la siguiente madrugada no me despertó para ir a la «obra»; aun así, quise acompañar a Félix, pero ella se negó:

—Como estás no podrás escapar de los guardianes. —Ella siempre tan pragmática.

Una vez que me hube recuperado, volví a «trabajar». Entré en una finca que conocía al dedillo y fui directamente hasta un frondoso naranjero que allí crecía. Sabía que en aquella finca no había guardián alguno. Nunca lo hubo. Pero la finca había cambiado de dueño y el nuevo propietario tuvo a bien poner un vigilante. ¿Podíamos reprocharle que lo hiciera?

Así que, ajeno a las aviesas miradas de este nuevo guarda, que acechaba detrás de una platanera, me senté tranquilamente a saciar mi apetito a base de naranjas. El dolor de vientre que me sobrevino la última vez que las comí ya era cosa del pasado. De repente salió de entre la espesura blandiendo un horcón en una mano y con una soga en la otra. Debió de haberse percatado hacía tiempo de mi presencia allí y trazó un plan para cogerme con las manos en la masa (o en las naranjas) y sin posibilidad alguna de escapatoria por mi parte.

Era un hombre alto, debía de tener unos treinta años. No lo había visto en mi vida y, si así hubiese sido, ciertamente no lo recordaba. Imaginé que estaba recién llegado de la guerra y que llevaba poco tiempo ejerciendo su nuevo empleo. Llevaba un naife precioso inserto en una vaina de cuero bien trabajado.

—Te trinqué, cabrón —me dijo—. Como te muevas, te siego el pescuezo, hijo de puta.

El corazón se me paró *de remplón* e hice caso a su advertencia. Pasados unos segundos y esbozando una maléfica sonrisa en su estúpida cara, me preguntó:

—¿Sabías que a San Sebastián lo ataron a un árbol y lo saetaron?

Yo no sabía, en ese momento, ni quién era San Sebastián ni qué era aquello de que lo habían saetado. Simplemente callé. El muy bestia me agarró con fuerza y me amarró al tronco del naranjero. Por lo menos no tenía ninguna flecha ni ningún carcaj a la vista, así que de ese suplicio me libré, pensé más tarde, sabiendo la historia del santo. Por suerte, no me hizo nada malo, nada peor sería mejor decir, porque, créame, lector, que se me pasó por la cabeza (y seguro que a usted también).

Allí debí de pasar un par de horas, o tal vez solo fueron quince minutos. Fue mucho tiempo, a mí me pareció una eternidad. Luego me soltó y, sacando lentamente el naife de la vaina y acercándose su afilada hoja al gaznate, me advirtió:

—La próxima vez no te escapas.

«No habrá próxima vez», pensé.

En otra ocasión, recuerdo ir por un camino solitario, apenas transitado. Solo los peones de las plataneras y pocos más conocían el lugar. Era domingo, así que me relajé un poco y el sol me sorprendió en la calle. Aun así, estaba tranquilo. El *puño* de hojas era pesado y lo llevaba a la espalda, así que iba mirando al suelo: una piedra, una aulaga, algún lagarto buscando el rayito de luz y, de repente, dos pares de botas negras, bien lustradas, como siempre. Levanté la cabeza y frente a mí, dos viejos conocidos, Berenguer y Duarte, los guardias civiles. Solté la hoja al mismo tiempo que Berenguer dirigía el cañón de su fusil hacia mi pecho. No se andaba con chiquitas

—¿Y esa hoja? —preguntó.

Le contesté que la había robado. No podía justificar de dónde la había sacado y preferí no mentir. Berenguer no quedó del todo satisfecho con la respuesta y quiso saber de dónde la había sustraído. Mi mente anduvo rápida de reflejos e, intuyendo que me haría devolverla al lugar del que la había cogido, le contesté que de la finca de Tomasito, que era la más cercana al lugar donde nos encontrábamos. Me conminó a cogerla y, como había yo pensado, a llevarla a su sitio.

Entramos en la finca y yo me la descargué en el primer surco, pero Berenguer me ordenó que allí no la dejara, que la dispusiera en el alpendre. Así Tomasito la tendría cerca para sus vacas. Dio unas palmadas y llamó a voz en grito al dueño. Este los recibió de buenos modos y nos invitó a un tazón de leche recién ordeñada y gofio.

Berenguer le contó lo de las hojas a Tomasito, quien no podía saber si estas eran o no de su finca. Comentó al respecto que eran para las camas de sus bichos, sin darle más importancia de la debida, mientras iba a por los tazones del desayuno. Pensé, pobre de mí, que por lo menos iba a desayunar bien. Sin embargo, cuando Tomasito se metió en el alpendre, Berenguer me dio un bofetón, me mandó a casa y además me citó a las seis en el cuartelillo. Qué manía tenían aquellos guardias con citarme siempre a las seis.

Sin hojas y sin leche ni gofio en la barriguita, pero con un buen bofetón en la mejilla y una cita para la tarde, me encaminé a casa, pensando en la bronca que me iba a echar Genoveva al verme aparecer sin nada. No recuerdo demasiado qué ocurrió después, así que imagino que reprimenda de una y golpes del otro. Nada fuera de lo normal ni digno de reproducirse en este libro.

Sea porque la situación en casa mejoró, aunque ya éramos ocho bocas que alimentar, o bien porque ya los plataneros y los guardias nos tenían enfilados, Genoveva decidió que era mejor que nos dedicáramos a otros menesteres. Casualmente, un primo suyo, que se dedicaba a limpiar letrinas y pozos negros, necesitaba de un ayudante más liviano que se metiera donde él no podía hacerlo. Así que, presto, fui a *echar el día* sin saber ni tan siquiera lo que era un pozo negro. Lo descubrí pronto.

Pegamos prontito, a las seis de la mañana. Yo me metí en el pozo y con un balde fui echando porquería al exterior. Leopoldo, el primo de Genoveva, la cargaba en un carro tirado por un par de mulos. El olor era nauseabundo, estuve a punto de vomitar en varias ocasiones, pero mi estómago estaba vacío, así que poco podía regurgitar. Terminamos de vaciar el pozo a las nueve de la mañana. Leopoldo me explicó que ahora solo quedaba ir a una finca que distaba un par de kilómetros a enterrar lo que habíamos sacado de la apestosa cloaca.

Mientras caminábamos tirando de los mulos, los escasos viandantes con los que nos cruzábamos se nos quedaban mirando y, haciendo mohínes y muecas, aceleraban el paso para alejarse del hedor que desprendíamos. Cuando nos dábamos cuenta, Leopoldo y yo nos mirábamos y reíamos. No era mal tipo, no parecía primo de Genoveva.

En un momento dado, Leopoldo se detuvo y, pensando en voz alta, dijo:

—No me acuerdo de dónde está la finca de Matías.

Yo le expliqué, con pelos y señales, dónde estaba el predio que buscaba. Por un momento, el bueno de Leopoldo se sorprendió de lo bien que conocía la zona. Luego cayó en la cuenta y sonrió.

A las once habíamos terminado y *soltamos*. Limpiamos el carro con un cepillo de púas y mucha agua y cada uno para su casa.

Cuando una de mis hermanas pequeñas fue a abrirme, rápidamente se tapó la nariz y entró corriendo a avisar a Genoveva. La vieja me miró horrorizada, también con la mano en la nariz, y me ordenó que me fuera a lavar y que solo entonces volviera. Estaba sorprendido y sin saber dónde ir a lavarme y camuflar el aroma que rezumaba cada centímetro de mi piel. Félix, que andaba por allí y se apiadó de mí, me propuso que fuésemos al *albercón* de Elías, que estaba cerca, y le pidió a Andrés, otro de nuestros hermanos, dos años menor que yo, que trajera un cubo y jabón.

Bajamos con sumo cuidado las escaleras que había en el interior del estanque y con la ayuda del balde y de los restregones de Félix fui retomando mi aspecto normal. Ya no parecía un deshollinador. Luego me acosté desnudo en el borde hasta que la ropa se secó.

El trabajo no me desagradaba y Leopoldo era un buen hombre, divertido, pero la idea de tener que ir cada día a bañarme a aquella balsa me aterraba. Ninguno de nosotros sabía nadar. Recuerdo pensar en ese momento lo raro que era vivir a apenas veinte minutos del mar y que ninguno de nosotros conociera hasta aquel momento el tacto del agua salada en nuestras curtidas y morenas pieles. Nuestras aventuras nunca nos llevaron tan lejos.

Todo nuestro mundo se circunscribía a unos pocos kilómetros a la redonda.

Genoveva, como esperaba, no se tomó bien que le dijera que no quería seguir trabajando para Leopoldo vaciando pozos negros. Estaba *envenená,* daba gritos y pataleaba como si estuviera loca. Mis hermanos más pequeños estaban asustados y a punto de la lágrima. Mis dos hermanas, ambas más pequeñas que yo, me dedicaban miradas aviesas de reprobación, culpándome de la situación. Yo, curtido ya en mil batallas, estaba sorprendentemente tranquilo y, por primera vez en mi vida, seguro de lo que hacía.

En ese momento llegaba *Mastro* Mariano. Últimamente pasaba mucho más tiempo en casa. Incluso nos había enseñado a leer y a escribir y también las matemáticas básicas. A Andrés, que mostraba cierto interés, también le enseñó los rudimentos de la ebanistería. Le faltó tiempo a Genoveva para poner en conocimiento de Mariano la buena nueva. La reacción de mi padre no fue la esperada por nadie.

—No importa —respondió ante la sorpresa de su mujer—. Mañana preséntate en la casa de don Ezequiel. Ya está hablado —dijo mirándome a la cara.

Dicho esto, se quitó la pelliza y la *cachucha* que llevaba y se fue al patio a «guardar» algo. Genoveva corrió tras él cuchicheándole al oído. Yo me sentía, por vez primera, un poco libre.

Como ya le dije, lector incansable, sospechaba hacía tiempo que mi padre se dedicaba al estraperlo o, como decíamos nosotros, al contrabando. El negocio debía de irle muy bien. Sus hijos habían dejado de ir a robar, él pasaba más tiempo en casa e incluso mantenía tratos con don Ezequiel.

Esa misma noche, pensando en el horizonte que se abriría delante de mí a partir de la mañana del día siguiente, no conseguí conciliar el sueño. Después de que mis padres terminaran de «jugar» y ensimismado en mis pensamientos de que en menos de un año podría haber otra boca más que alimentar, alcancé a escuchar cómo *Mastro* Mariano le decía a Genoveva que había comprado un solar en el centro del pueblo. Me quedé atónito. De la nada al todo en cuestión de un par de años.

Pues lo dicho, amigo lector. Por la mañanita temprano me encaminé rumbo a la mansión de Ezequiel de los Ríos. Abrí la preciosa puerta de hierro que daba al jardín delantero de la casa y cogí por el pequeño sendero enladrillado que llevaba hasta la puerta principal de la casa. De repente alguien me llamó por mi nombre. Busqué en la dirección desde donde había llegado hasta mí aquel sonido. Un hombre de unos cuarenta años limpiaba el fabuloso Mercedes de don Ezequiel. Me hizo un gesto con la mano para que fuera hasta donde él estaba. Soltó el trapo con el que limpiaba la impoluta carrocería de aquella imponente máquina y sacó de su bolsillo una cachimba. Antes de decirme nada más, la llenó de picadura y la encendió. Se la llevó con parsimonia a la boca y soltó una gran bocanada. El aroma de aquel tabaco no desprendía el hedor de los cigarrillos corrientes que fumaba Juan el de la Cicatriz. Sí, lector, aún recuerdo aquella escena. ¿Se acuerda usted?

Me indicó con la mano que lo acompañará un poco más lejos y al fin, señalando con la mano en la que sostenía su pipa, habló casi en un susurro:

—Esa es la ventana de la alcoba del amo, así que habla bajito, no sea que se vaya a despertar. No está de buen humor por las mañanas. Me llamo Pepe. El amo y Mariano me dijeron ayer que hoy vendrías. En esta casa verás y oirás muchas cosas y todas, absolutamente todas, te las callarás, ¿entendiste?

A pesar del tono susurrante de sus palabras, sus advertencias tenían el carácter de axiomas y desde ese momento me propuse acatarlas al pie de la letra. Solo por usted, lector fiel, que ha llegado hasta aquí, romperé mi promesa y le desvelaré algo que vi y oí en aquella fastuosa mansión. Eso sí, sea paciente y espere unas pocas páginas más.

Después de la charla, me señaló otro camino y me indicó que lo siguiera hasta la puerta de servicio de la casa, advirtiéndome de que no tocara demasiado fuerte para no despertar al amo. Él se quedó limpiando lo que ya estaba limpio mientras disfrutaba con cada calada a su cachimba. Don Ezequiel tenía mucho cariño a su coche, el único del pueblo hasta que llegó Mr. Levine con su Bentley con el volante en el otro lado.

Seguí las indicaciones de Pepe y llamé tan flojito a la puerta que dudaba de que alguien, desde dentro, pudiera escucharme, pero me equivoqué. Isabelita era la cocinera de la familia y la confesora de doña Margarita, la mujer del amo. Uso la palabra «amo» con cierta frecuencia, querido lector, porque sentí que, al mismo tiempo que ganaba libertad alejándome de Genoveva, la perdía acercándome a De los Ríos. Él fue mi primer amo.

Isabelita me miró de arriba abajo, como miraban los marchantes de ganado a las vacas y a las cabras que iban a comprar en las ferias. Al cabo de unos segundos sonrió y se hizo a un lado para franquearme el paso al tiempo que me preguntaba si había desayunado. Entrar en aquella casa era penetrar en otro mundo. Quería vivir así.

Yo no comprendía por qué, si tan buenas relaciones mantenían mi padre y el hombre más importante de todo el norte de la isla, teníamos que robar, pasar calamidades y penurias y aguantar los embates del hambre, las miradas afiladas de los ricos del pueblo y, sobre todo, los *pezcuezones* de los guardias civiles, que hacían más daño a mi orgullo y a mi alma del que le producían a mi cuerpo. Pensé en aquel momento que, tarde o temprano, debía hablar de ello con mi progenitor. Nunca me arrepentiré lo suficiente de no haber tenido esa charla. A buen seguro, hubiera resultado muy reveladora.

Isabelita estaba llenando unas pequeñas jarritas de leche con la ayuda de un *fonil*. Yo le eché una mano sujetándolo, aunque a ella no le hacía falta ninguna ayuda. Llevaba haciendo aquello toda su vida. Aun así, me guiñó un ojo en señal de agradecimiento por el gesto y por mi iniciativa. Cuando terminó, me dijo que fuera a buscar a Pepe. Los tres nos dispusimos a desayunar en la mesa de la cocina. Los señores aún dormían. Lechita recién ordeñada, pan caliente, gofio y huevos *sancochados*. ¿Creerá, mi amigo lector, que ese fue el primer huevo *sancochado* que comí en mi vida? Pues es la pura verdad. De hecho, esperé a que Pepe se comiera el suyo para ver cómo se hacía, y menos mal que así lo hice, porque mi primera intención había sido comérmelo con cascarón y todo. No se ría, por favor. Eran otros tiempos, entiéndalo, amado confidente.

Después del desayuno, tocaba justificarse y trabajar un poco. Dados los «empleos» que había ejercido anteriormente, aquello me parecía el paraíso terrenal. Después de ayudar a fregar los cubiertos y la vajilla que habíamos ensuciado, nos aprestamos a preparar el desayuno de la familia y a servirlo en el comedor.

Huelga decir que ellos no usarían ni la vajilla ni los cubiertos que habíamos utilizado los del «servicio».

Para llegar al comedor desde la cocina, debíamos atravesar un gran salón con chimenea y un aparato de radio de un tamaño considerable. Recuerdo haber pensado en ese momento qué necesidad había de tener una chimenea en Canarias, pero bueno, los ricos eran así. Dimos varios viajes llevando una gran palangana llena de huevos *sancochados,* una bandeja con ocho jarritas llenas de leche, una cestita con pan, mantequilla, azúcar e infinidad de cubiertos y vajilla de porcelana.

A la vuelta de uno de esos *viajes,* nos dimos cuenta de que alguien llamaba a la puerta de servicio.

—Ya era hora —afirmó Isabelita, intuyendo quién podría ser el que estaba tocando muy suavemente—. Un pelín justo de tiempo —dijo al chavalín que había al otro lado.

Este le entregó el paquete que llevaba y me miró de reojo cuando notó mi presencia. Denotaba en aquella mirada cierta envidia, pensé. La mujer le dio una moneda y lo despidió, pidiéndole que diera recuerdos a su abuela. Como bien sabe, erudito lector, en los pueblos todos nos conocemos, aunque solo sea de vista.

El paquete contenía una tarta. Si hasta ese día nunca me había comido un huevo *sancochado,* menos, como podrá usted imaginarse, una tarta. Desde mi ignorancia y con cierto aire de intromisión, pregunté qué era aquello. Isabelita se volvió hacia mí y su cara reflejó una bondad y una piedad infinitas. No contestó. Cogió una cucharilla de postre y, con mucho cuidado para no deformar el dibujo del pastel, la pasó por el merengue que lo cubría y me lo dio a probar. Después de la exigua degustación, lloré. Creo que Isabelita también lo hizo.

Mis tareas en la vivienda consistían en ayudar a Isabelita a poner y quitar las mesas, limpiar el Mercedes y dar de comer a las gallinas y a las cabras que había en la finca aledaña, que surtían de huevos y de leche a la casa. Era una finca pequeñita en comparación con el tamaño de los latifundios de don Ezequiel. Era propiedad también de la familia y en ella se cultivaban frutales de prácticamente todas las especies. Aquellos frutos eran para el sustento de la casa. Yo también me encargaba de los cuidados de estos árboles: recogía la fruta, regaba y abonaba la tierra. Pepe me enseñó a podar los naranjos y las parras y a ordeñar las cabras. Un día incluso (y esto que quede entre nosotros dos, desconocido lector) me dejó conducir el Mercedes.

Estaba como en una nube. Cuando llegaba la hora de la *suelta* y de volver a casa, buscaba cualquier excusa para retrasar mi marcha y cuando ya no había nada que hacer me daba una vuelta por el pueblo. Pepe e Isabelita estaban casados y vivían en la mansión.

La familia De los Ríos estaba compuesta por ocho miembros: el patriarca, don Ezequiel; su esposa, doña Margarita; dos hijas, de nombres Margot y Julia; y cuatro hijos cuyos nombres eran Alfonso, Fernando, Luis y Santiago. Los tres varones mayores habían estudiado en Madrid y hablaban como Berenguer. ¿Se acuerda de Berenguer?

No sabemos a ciencia cierta si el cacique tuvo algún hijo fuera del matrimonio. A buen seguro que sí, pero nadie reclamó el «honor» de pertenecer a tan «nobilísima» estirpe. ¿Sería yo hijo de ese ser? ¿Cuándo habría empezado el *affaire* con mi madre? Ya le dije, querido amigo, que aquella escena me perseguiría toda la vida, como el desesperado a la esperanza. Deseaba no tener ninguna relación de consanguineidad con esa familia, más que nada porque me había enamorado de uno de sus miembros.

Cada día que pasaba, después de finalizar la jornada en la mansión de De los Ríos, soportaba menos mi casa, a Genoveva e incluso a mis hermanos, salvo a Félix y a Andrés, mis compañeros de fatigas e infortunios. El ambiente de dejadez, suciedad, relajación e incultura con el que había convivido tantos años me parecía ahora infame, asqueroso, insoportable. Me volví hosco y no toleraba ya casi nada. El miedo había cambiado de lado. Ahora yo tenía una meta, y a fe mía que la alcanzaría por un medio u otro.

Un día en el que no había mucho que hacer me fui, con permiso de Isabelita, para mi casa dando un rodeo para hacer tiempo, cuando me sorprendió ver delante de la cueva de la Inglesa el camello de Bartolito el Árabe. El animalito estaba rumiando tranquilamente a la sombra. Tenía el bozal puesto, pero aun así no las tenía todas conmigo cuando pasé junto a él. Al mirar al interior de la cueva observé a Bartolito con uno de los soldados marroquíes que estaban en el pueblo.

No sé exactamente qué hacían aquellos militares en nuestra localidad. Supuse que las islas eran un paso previo para volver a su tierra después de estar guerreando en la península y dejar todo en orden; en el orden de los que ganaron, obviamente. Lo cierto es que este grupo de soldados ocupó un viejo almacén abandonado muy cerca del único puente que salvaba el barranco del pueblo.

Hasta donde yo sé, los militares no ocasionaron mayor problema y su convivencia con los aldeanos fue, si no cordial, al menos tranquila. Los pequeños ganaderos estaban muy contentos.

Los magrebíes compraban sus cabras y ovejas a un precio sensiblemente superior al habitual y pagaban con dinero contante y sonante. Ellos mismos sacrificaban el ganado, siguiendo el rito que su religión marcaba. Enriquito, el porquero, sin embargo, echaba pestes porque no querían comprarle sus animales.

También eran muy habituales estos soldados del prostíbulo del pueblo. El burdel, además de como lupanar propiamente dicho, también funcionaba como casa de citas, lugar de encuentros secretos en rudimentarios colchones llenos de chinches a la tenue luz de atardeceres que traspasaba las raídas cortinas que intentaban salvaguardar de indiscretas miradas la intimidad de los amantes, con el acompañamiento de los jadeos incesantes hasta llegar al clímax de las parejas en los cuartuchos contiguos.

Por allí se llegaban viudas de la guerra que, sin familia a la que recurrir, no conseguían que nadie les fiara un poco de gofio con que alimentar a su progenie si no era a cambio de algo. Y su sexo era lo único que podían ofrecer. Los ricos del pueblo también se dejaban caer por allí, siempre bien acompañados y siempre confiados en que de aquello nada se sabría. Pero se sabía, era un pueblo.

La patrona, a cambio de escasos óbolos, proporcionaba colchón y cucarachas. Se decía que había una tarifa especial, solo al alcance de auténticos sibaritas. En la desesperación más absoluta y en el ambiente de depravación más inmundo y asqueroso que mi queridísimo lector se pueda imaginar, las madres no vendían su sexo, sino el sexo, el primer sexo, el himen de sus hijas. Siento escandalizarlo, mi encantador lector. Estas cosas pasaban. Quiero pensar que ya no lo hacen. Y creí ser testigo de uno de estos casos.

Un día que iba andando a mi casa dando patadas a un callao, observé cierta escena en la puerta del lupanar que a mí me pareció tétrica. Una señora del pueblo, totalmente enlutada, llevaba de la mano a una niña. Una niña que no podría tener más que un par de años más que yo. Tras unas breves palabras con la *madame,* dejó a la criatura en manos de la proxeneta a cambio de unas exiguas monedas. La niña accedió a aquel antro mortecino inundada de miedo, mientras que la enlutada se fue enjugándose las lágrimas.

Pensé que mi pecho estallaría ante tan escandalosa y cruel estampa. Luego reflexioné, egoístamente, en la suerte que tenía de haber nacido varón e inmediatamente después la congoja se adueñó de mi alma al pensar en mis hermanas pequeñas. Genoveva no era de fiar.

Y en esas tribulaciones andaba cuando del burdel salió Alfredo. ¿Recuerda mi impenitente lector a Alfredo? Sí, ese Alfredo del que su madre decía que no era completo y que jugó un papel crucial en los acontecimientos en los que murió Juan Luis, el falangista. Raudo y veloz fue en busca de Ezequiel de los Ríos. Era tan bruto el tal Alfredo que no me hubiese extrañado nada que hubiera abordado al cacique de esta guisa: «Hay carne fresca». ¿Justifica la frase «eran otros tiempos» todo esto?

Lucía, que así se llamaba la *madame,* era una proxeneta sin el más mínimo sentido de la decencia, la moralidad o el amor y el respeto a la dignidad humana. En su casa no había tampoco cortapisas para relaciones incestuosas ni orgías varias.

Dejemos ya, lector, este escabroso asunto y volvamos al tema de los marroquíes acantonados en el pueblo, porque me pongo a hilvanar una cosa con la otra y pierdo el hilo. A colación de la presencia de los soldados africanos, escuché algún comentario de los píos y las devotas del pueblo acerca de la «restauración» que el cura o el alcalde habían hecho a la imagen del apóstol, patrón del pueblo. El apóstol Santiago estaba representado en su blanco caballo rampante y con una espada en la mano. A los pies de su montura, cabezas desgajadas de sus cuerpos con tocados al estilo oriental semejando tropas musulmanas. Según mis cálculos, el apóstol Santiago había muerto muchos siglos antes de que el profeta Mahoma naciera, por lo que no entendí demasiado bien la alegoría. Tiempo después y en una institución de la que dentro de unas páginas le hablaré, querido lector, acabé por entenderla.

Lo cierto es que, bien fuera por el alcalde, por el cura o por evitar males mayores, mientras los soldados norteafricanos musulmanes estuvieron allí, las cabezas a punto de ser pisoteadas por el blanco (o quizás alazán) corcel fueron tapadas con una lona antes de salir en procesión.

Llevado por la curiosidad y, sobre todo, por las pocas ganas de llegar a casa, entré en la cueva de la Inglesa. Recibía ese nombre porque hacía unos cuantos años había llegado hasta allí una *lady* británica (si hubiese nacido unos años más tarde, hubiese sido una *lady* irlandesa) y pensó que aquella caverna contenía restos arqueológicos de gran valor y que había que conservar. Removió cielo y tierra para que el ayuntamiento adecentara el sitio y colocara unas rejas de hierro que impidieran el paso, no de los saqueadores, ya que el valor monetario de las vasijas que allí se encontraban era escaso, o eso les parecía los lugareños, sino de los chiquillos que entraban allí a jugar. Cuando la *lady* regresó a su patria, la cueva cayó en el olvido, en la desidia y en ese ambiente espectral de incultura que todo lo puede y que persiste hasta hoy.

Entré haciendo el suficiente ruido como para que ambos me escucharan. El soldado, tras observarme unos segundos, me sonrió y dijo algo así como: «Tifawin». Yo no sabía qué significaba aquello. Entonces Bartolito le comentó algo en árabe o en amazigh, unas frases en las que hacía entender al soldado que allí ya nadie, desde hacía mucho tiempo, hablaba ese idioma.

Sorprendido por lo escuchado de boca de Bartolito, volvió a dirigirse a mí y en un español perfecto me dijo:

—Buenos días.

El soldado estaba dibujando en una libreta las inscripciones que había en la pared y recogiendo algunos trozos de cerámica mientras meneaba la cabeza en señal de enfado e incomprensión. Por respeto a mí, ambos empezaron a hablar en español y comprendí que su rabia era producto de la dejadez en el cuidado del lugar, que a ellos les parecía un templo digno de alabanza y respeto. Con el tiempo y la lectura (lectura buena, no esto, amigo lector), a mí también me pareció un templo.

Me instruyeron sobre lo que estaban viendo y me terminaron diciendo que los antiguos habitantes de la isla y ellos, los bereberes, estaban emparentados.

—Por tu fisonomía, chaval, apostaría a que tú eres uno de ellos, uno de nosotros —me dijo el soldado al irse.

Aquella frase me hizo reflexionar, reflexionar sobre lo poco que sabía y lo mucho que desconocía, y mis ansias de saber entraron en ebullición. A partir de entonces, cada tarde, al salir de la mansión, buscaba la compañía de don Manuel Peña, hermano de don Aquilino, el juez de paz. Don Manuel había sido maestro, pero después de la guerra ya no le dejaron ejercer. Solo su apellido le salvó del paseíllo.

Meses después, Pepe me sujetó del brazo con cuidado y en un susurro me habló así:

—Sabes lo pequeño que es esto. Cuidado con quién andas.

Agradecí lo que Pepe me advirtió y la forma en que lo hizo, pero seguí cultivando mi amistad con don Manuel.

En otra ocasión, cuando ya me iba a casa, Pepe me dijo:

—Dile a Mariano que hoy hay corte. —Supuse que era una forma de comunicación secreta, un código encriptado que solo los iniciados conocían. Luego apostilló—: Ven tú también.

Hacía mucho tiempo que no tenía tantas ganas de llegar a casa. Cuando lo hice, y tras recuperar el aliento, le dije a mi padre al oído lo que Pepe me había comentado. Genoveva, a distancia, observaba la escena con los besos como lebrillos.

Cuando las campanadas de la iglesia anunciaban el cambio de día, mi padre y yo nos encaminamos hasta un lugar prefijado de antemano y que, imagino, era el punto de reunión habitual para ir «al corte». Pepe nos esperaba fumando en su cachimba. Cuando terminó, nos subimos al Mercedes y fuimos hasta el almacén de empaquetado de plátanos. Allí cambiamos de vehículo y cogimos uno de los dos camiones que había. *Mastro* Mariano torció el gesto.

—¿Hoy el grande?

Pepe afirmó y le dijo que precisamente por eso quería que fuera yo también. El cargamento iba a ser grande.

Pepe condujo hasta la costa, puso el camión frente al mar y encendió y apagó las luces del vehículo en repetidas ocasiones. De la negritud de las aguas marinas surgió un haz luminoso. Era la señal. Aquella era la primera vez que yo veía el mar y apenas podría disfrutar de tal visión. No me importó, estaba muy cerca. Volvería siempre que me apeteciera, y desde aquel momento me apetecería a diario.

Sin pensárselo dos veces, mi padre y Pepe bajaron a una cala. Parecían cabras montesas, subiendo y bajando aquellos riscos. Se los debían de conocer como las palmas de sus manos. A mí me conminaron a quedarme arriba y me indicaron cómo colocar la mercancía en la caja del camión.

Cuando devolvimos el vehículo al almacén, después de haber dejado la mercancía a buen recaudo, ya estaba aclarando el día. Pepe me ordenó que no fuera ese día a trabajar, que el amo ya lo sabía.

A pesar de la larga noche y del cúmulo de emociones experimentadas, pensé que era preferible ir a trabajar de todas formas. Era feliz en aquella mansión y me di cuenta de que me gustaba cada día más ver a Julia, la hija menor de don Ezequiel. Y fue esa mañana cuando todo pasó.

Voy a confiar en usted. Ha llegado hasta aquí y, en recompensa, merece ser conocedor de la historia que le relataré en las siguientes líneas. Por usted merecerá la pena que yo falte a la palabra dada al bueno de Pepe aquel primer día en que llegué a la mansión. Eso sí, esto debe quedar entre nosotros.

Pepe y yo llegamos juntos a la mansión. Isabelita ya se hallaba atareada en los preparativos del desayuno y le dijo a Pepe que el amo lo estaba esperando en la biblioteca de la casa. La biblioteca era un espacio enorme que don Ezequiel usaba como despacho. Sus anaqueles estaban pobladísimos de mitos griegos, de libros de autores del Siglo de Oro español y de innumerables obras de Shakespeare y Dickens. Dudo que el amo hubiera leído ni una sola de aquellas obras. Julia, en cambio, seguro que sí. Aún hoy, cuando pienso en ella, no puedo reprimir exhalar un suspiro. La quiero.

Pepe volvió a los diez minutos.

—Está de mal humor —acertó a decir con cierto nerviosismo.

Debió de afectarle lo que don Ezequiel le había dicho, porque, a pesar de estar molido como un zurrón de subir y bajar por aquellos riscos la noche anterior cargado como un mulo, apenas tomó bocado y se fue a la finca cercana a podar los naranjos. Eso afirmó al menos, aunque ya los habíamos podado un par de semanas atrás. Solo necesitaba despejarse y en aquella finca tan cercana, pero también tan lejana del amo, conseguía recomponerse. Pepe era un buen hombre que aguantaba lo que no estaba en los escritos. Él y Mariano eran los que se jugaban el tipo, los que arriesgaban sus vidas en los despeñaderos y los que se exponían a un buen puñado de años en la cárcel. La mayoría del beneficio se la llevaba Ezequiel de los Ríos.

Yo me solidarizaba con Pepe, pero en aquel momento estaba seguro de que él quería estar solo. Por eso no lo seguí y preferí quedarme en la cocina, desayunado con Isabelita. Ninguno de los dos comió demasiado. Ambos preparamos la mesa del desayuno. Don Ezequiel seguía en la biblioteca y en el piso superior ya se iban desperezando sus vástagos, entre ellos mi adorada Julia.

Como no podía ir a la finca para no importunar a Pepe, me fui al garaje a limpiar el ya limpio Mercedes y volví a la cocina, pensando en ayudar a Isabelita a fregar los cubiertos y la vajilla del desayuno. No estaba preparado para lo que me encontré. Margot lloraba en la cocina a moco tendido mientras Isabelita guisaba agua con alguna de las muchas hierbas que allí guardaba. Al verme se llevó su dedo índice a la boca. Capté la señal, pero no sé qué impulso me empujó a ir al salón en vez de salir a la calle. Estaba ido.

En el comedor estaban doña Margarita y mi amada Julia. Era obvio que algo pasaba, aunque en sus caras, más que pena, lo que se reflejaba era alivio y miedo al panorama que se les avecinaba. No se dieron cuenta de que estaba allí ni cuando pasé por delante de la estancia para dirigirme a la biblioteca.

La puerta estaba entreabierta y entonces lo vi. Recuerde nuestro acuerdo, lector. Ezequiel de los Ríos yacía sobre la preciosa alfombra persa que representaba una hermosa escena de caza, curiosa alegoría. Su siempre inmaculado traje de lino blanco estaba cubierto de sangre. Por un instante se me pasó por la cabeza que Pepe, harto de sus ninguneos y broncas, lo acuchilló hasta acabar con su vida, pero el diálogo que mantenían sus vástagos, con una tranquilidad e impunidad impropias para la situación, me sacó de mi error.

Alfonso, su hijo mayor, se había ordenado sacerdote y ejercía sus funciones eclesiásticas en la capital, donde, según decían las malas lenguas, era un capitoste en el obispado. Arrodillado junto al cuerpo, musitaba alguna frase en latín. Pensé que si era la extremaunción llegaba un poco tarde.

—¿Qué vamos a hacer? —preguntó mientras se levantaba, no sin cierto esfuerzo, ya que era un hombre bastante corpulento.

Le contestó Santiago, el menor de los cuatro hermanos varones.

—Podríamos culpar a Pepe o, mejor aún, al chiquillo ese que anda por casa con cara de asustado.

Santiago era maestro y el único de los cuatro que no había estudiado en la península. Cuando escuché sus palabras casi me meo encima. Estaba seguro de que, si me acusaban, me esperaba el garrote.

—No digas necedades, Santiago —intervino Luis, el tercero de los hermanos, que era abogado, también en la capital de la isla. Respiré aliviado—. Ese —dijo señalando el cadáver— es, era, Ezequiel de los Ríos. Un juicio por su muerte atraería mucha atención, no podríamos hacer nuestros mangoneos y acabaríamos en la cárcel.

Fernando, segundo hijo de don Ezequiel y médico de profesión, fue el último en intervenir.

—Ha sido un infarto —sentenció en un tono cáustico.

—Eres, de largo, el más listo de todos nosotros, hermano —le comentó Luis con una gran sonrisa dibujada en su rostro—. Santiago, busca al chaval ese al que nombrabas antes. Que vaya a casa de Aquilino y que se llegue hasta aquí, que don Ezequiel lo necesita.

Luis pensaba que un informe del juez de paz diciendo que en el cuerpo no había señales de violencia y el hecho de que un médico prominente determinase la causa de la muerte como «natural» acelerarían los trámites para el entierro y el reparto de la herencia.

Al escuchar aquello, me escabullí lo más rápido posible y sin hacer ningún ruido salí por la puerta principal y me puse a limpiar el coche, «ajeno» a lo que estaba pasando en aquella biblioteca.

Al minuto llegó hasta mí Santiago. Me dio la enhorabuena por lo limpio que estaba el coche y me mandó ir a casa de don Aquilino y que le dijera que don Ezequiel lo necesitaba. A quien realmente necesitaba ya don Ezequiel era a Remigio, el sepulturero. Eso pensé yo.

No fui tan *tolete* como Alfredo y no pregunté a qué Aquilino se refería. Lo sabía muy bien. No me diga, lector, que ya no recuerda esa anécdota. Pasó hace unos cuantos años y unas cuantas hojas.

Llegué a casa de don Aquilino Peña. Estaba desayunando con su mujer y con don Manuel, su hermano, mi amigo, el maestro rojo. Se sorprendieron al verme tan agitado. Muy urgente debía de ser el recado que habría de darles, pensaron con razón.

—¿Qué pasó? —me preguntó don Manuel debido a la mutua confianza que nos teníamos.

—No, nada —respondí yo un tanto cohibido. Mentí y mi amigo lo sabía, pero no insistió—. Es solo que Santi… don Ezequiel le necesita, don Aquilino.

Don Aquilino dio un último sorbo al café que estaba tomando, cogió el sombrero y se dispuso a acompañarme hasta la mansión. Yo me despedí de don Manuel y de doña Inmaculada, la esposa de don Aquilino.

Cuando llegamos a la mansión, lo acompañé hasta la puerta principal e hice como que me iba a limpiar el coche. Fue Luis de los Ríos quien lo recibió.

En cuanto entraron, me fui a la finca a contarle lo ocurrido a Pepe. Se lo conté todo, con pelos y señales.

—¡Hijos de puta! —bramó Pepe encolerizado—. Quisieron echarnos el muerto a nosotros.

Después de pensar unos segundos lo que acababa de decir, empezó a desternillarse de risa. Olía un poco a coñac. Estaba *templaíllo,* creo yo. Entonces, ya más serio, se levantó y dijo que fuéramos a la casa a ver qué pasaba.

Dentro lo que pasó es que don Aquilino Peña, en efecto, redactó el informe tal y como Luis de los Ríos le iba dictando. Al finalizarlo, puso su rúbrica. ¿Tan manejable era don Aquilino

Peña? Digamos que sacó tajada. De don Alfonso de los Ríos, el cura, consiguió que el colegio de los salesianos que había en el pueblo diera trabajo a su hermano Manuel y, ya de paso, que le dejara husmear en los archivos del obispado todo lo referente a don Bartolomé Cairasco, de quien estaba escribiendo una biografía. Además de juez de paz, Aquilino Peña era escritor. Con don Luis de los Ríos acordó que sus dos hijos, el uno abogado y el otro en ciernes de serlo, se unieran a su bufete. Un buen trato, supongo.

Al marcharse les dijo que avisaría a Remigio, el sepulturero. También manifestó que sería mejor adecentar al yaciente y cambiarlo de ropa. Aconsejó que cogieran uno de los camiones del almacén de plátanos, cargasen en él el ataúd y lo taparan con una lona. Un féretro a la vista de todos llegando a la mansión causaría mucho revuelo. Una vez metido el cadáver en la caja, podrían inventar cualquier excusa para justificar por qué tenía la tapa bajada.

Aquilino Peña salió de la casa con una sonrisa sardónica y acariciándose la mejilla. Aún le dolía. No me va a decir, amigo lector, que tampoco se acuerda de eso.

A renglón seguido, Luis llamó a Pepe para explicarle lo que debía hacer con el camión y el ataúd, y a mí me dieron el traje de lino blanco ensangrentado de don Ezequiel para que me deshiciera de él. Corrí hasta la finca y, después de cavar el hoyo más profundo que jamás hice, arrojé en su interior aquellos ropajes manchados de sangre y odio y les eché tierra encima. «¿Me estaré comportando como ellos?», pensé.

El ataúd llegó en silencio a la vivienda. Prefirieron entrarlo por la puerta de servicio y eso causó algunos problemas, ya que la anchura del vano de la misma era escasa, pero al final pudieron llevarlo hasta el salón y, una vez allí, improvisaron un sucedáneo de velatorio.

La noticia de la muerte de don Ezequiel de los Ríos corrió como la pólvora por todo el pueblo y por la tarde ya todos estaban enterados del deceso y fueron desfilando hasta la casa a dar el pésame a la «afligida» familia. Pensé, mientras observaba aquel desfile singular, lo triste que debía de ser morir a manos de tu prole. Alcanzaría Ezequiel a decir, en aquel momento crucial: «¿Tú también, hijo mío?».

No sé cuántos de aquellos infelices iban a expresar, efectivamente, su pesar por la pérdida del ser querido y cuántos a asegurarse de que el déspota estaba realmente muerto. Estos últimos se quedaron con la duda, ya que el ataúd permaneció cerrado durante todo el velatorio.

A las diez de la noche, Luis de los Ríos alzó la voz y dijo que era hora de que la familia descansara, pues había sido un día muy duro y largo. Pidió a los chismosos y semejantes que aún revoloteaban por el salón de la mansión como si de un museo se tratara que se fueran a descansar. Yo también me fui a casa sin saber muy bien cuál sería a partir del día siguiente mi situación laboral.

Como habrá visto, estimado lector, Átropos se lució. Promesa cumplida.

Al mediodía del día siguiente, y en un cementerio atestado de curiosos, Ezequiel de los Ríos fue enterrado. El párroco del pueblo, por deferencia con Alfonso de los Ríos y siguiendo indicaciones del señor obispo, dejó que aquel oficiara el funeral y la liturgia propia de estos casos. Eso al menos fue lo que se comentó en días posteriores en las improvisadas tertulias de los cafetines del pueblo. La religión y sus liturgias no tenían buenas relaciones conmigo, ni yo con ellas. Yo no asistí al «evento» del siglo en la comarca.

Los matutinos del día siguiente se hicieron eco, en páginas interiores, de la «trágica y sentida» muerte de uno de los grandes prohombres de la isla y prócer principal del pueblo. Así rezaba uno de ellos:

> *Su desconsolada familia, unida por el dolor de tan repentino óbito, llora amargamente su irreparable pérdida.*

En esos días, los siguientes al suceso, la actividad dentro de la casa era frenética. Alfonso y Fernando se encargaron de buscar por cada recoveco de la biblioteca algún documento o dinero que tuviera su padre escondido. Luis revisaba cada contrato de compra, cada acta notarial, todo lo que tuviera algún componente jurídico. Santiago y Margot anotaban en un cuaderno todas las propiedades de las que creían que Ezequiel era dueño.

Isabelita, Pepe y yo nos pasábamos el día entre la cocina y la finca familiar aledaña. Isabelita tenía la impresión de que los De los Ríos no querían testigos de su búsqueda ni de sus comentarios. El cadáver de su padre apenas se había enfriado y ya estaban troceando el latifundio como si fuera una tarta.

La familia, sobre todo doña Margarita, Margot y Julia, mi adorada Julia, tenía una gran deuda de gratitud con Isabelita y Pepe. Ellas eran las que más tiempo pasaban en la mansión y en compañía de estos dos seres entrañables. Ellas no tuvieron la oportunidad de salir a estudiar a la península como sus hermanos varones. Ni que decir tiene, querido lector, que en cualquier época y en cualquier ámbito familiar el papel de la mujer siempre quedaba subordinado al del hombre, máxime si ese hombre era un déspota como Ezequiel de los Ríos. Agradezco sobremanera haber vivido lo suficiente para ver que ese otro muro, parecido al que separa a los patricios de los plebeyos, que siempre dejaba en el lado del oscurantismo a la mujer, vaya cayendo. Muy lentamente, pero cayendo al fin y a la postre.

También sabía la familia que, además del matrimonio formado por Isabelita y Pepe, un servidor, Aquilino Peña y, muy probablemente, Remigio, el sepulturero, éramos conocedores de que Ezequiel no había muerto ni a causa de un colapso ni de «cosa mala», como se rumoreaba en el pueblo.

Aquilino Peña obtuvo lo acordado con Alfonso de los Ríos. Su hermano y mi amigo, Manuel Peña, volvió a trabajar. La docencia era su vida. Sus cuitas políticas las dejaba para analizarlas con su adorado hermano y con su querida cuñada en las tertulias vespertinas en el salón de casa. Siempre sospeché que, además de la sangre, a Aquilino y a Manuel también les unía el color rojo. El primero, más pragmático, lo disimuló cuando hizo falta, pero movió cielo y tierra para sacar a su hermano del campo de concentración. Debió para ello, como Fausto, vender su alma al diablo. Al diablo Ezequiel.

Remigio ya no fue conocido más como el sepulturero. Extrañamente se había hecho con unas buenas cadenas de plataneras a la orilla de la playa. Además, se había comprado una pequeña barquita a la que puso el nombre de Caronte. No sé si lo hizo por reminiscencias de su anterior labor o como acicate para no volver nunca más a ella. Él odiaba aquel trabajo. Lo realizaba porque no le quedaba otro remedio. «A los sepultureros nunca les faltará el trabajo», le decían con cierta sorna sus amigos. Remigio aprovechó su oportunidad. Eso pienso y seguro que usted también lo piensa. De alguna manera, hizo ver a la familia que no iba a participar de aquella conspiración. No sin recibir algo a cambio.

A Isabelita y Pepe les «tocó» por su sepulcral discreción la finca aledaña a la mansión, en la que tanto disfrutaba Pepe podando las parras y los naranjos y viendo a las gallinas correr detrás de los gusanos. En ella construyeron su hogar. Isabelita también trabajaba cocinando para los niños internos en el colegio de los salesianos, en el que impartía docencia Manuel Peña. Es de suponer que Alfonso de los Ríos intervino decisivamente en que obtuviera ese empleo. Pepe fue contratado en el almacén de empaquetado de plátanos para conducir los camiones que iban de finca en finca recogiendo la fruta para luego llevarla al puerto de La Luz para su exportación. Siempre eran tiempos malos para los peones agrícolas y los pequeños propietarios, pero los barcos salían del muelle repletos de fruta.

La mansión fue languideciendo poco a poco. Sus moradores se fueron marchando, cada uno a sus lares. Todos los varones se fueron a Las Palmas con un buen botín después de la partición de la herencia. Todos, menos Santiago, que quedó allí con una respetable finca y siendo el director del instituto del pueblo vecino. Tenía las ínfulas y las maneras de su padre, pero ni por asomo su poder. Menos mal. Doña Margarita, Margot y mi querida (pero no añorada) Julia también migraron a Las Palmas.

¡Bien hecho, avispado lector, ha pillado el matiz! Como es usted un lince, ya sabrá qué (o quién) fue lo que yo gané. Aunque no lo obtuve por mi silencio, sino porque soy una persona estupenda, eso me digo cada día frente al espejo. Sí, al final tanto esfuerzo mereció la pena. Ella merece la pena.

Ciertamente, en un principio, no creí que mi silencio hubiera sido premiado con galardón alguno. Era un *sochantre* de muy señor mío y tampoco le di demasiada importancia. Era más importante la marcha, momentánea, de Julia. Eso sí me quitaba el sueño.

Con el tiempo comprendí que a quien pagaron mi silencio fue a mi familia. El solar que había comprado mi padre en el pueblo se convirtió en pocos meses en una vivienda con jardín e incluso con baño. En el piso superior se instaló un pequeño taller de carpintería en el que trabajábamos mi padre, Félix, Andrés y yo. Con los muebles que fabricábamos y que luego íbamos a vender por toda la isla y los frutos de unas buenas cadenas de plataneras que también «heredó» *Mastro* Mariano, aunque no se le hubiera muerto ningún familiar cercano, vivimos medianamente bien. Mis hermanos pequeños no tuvieron que esprintar delante de ningún policía ni de ningún perro guardián. Me alegré por ellos.

Con la perspectiva que da el tiempo, me parece de lo más curioso que todo un pueblo diera por buena la «versión oficial». Nadie, al menos que yo supiera, se hacía preguntas acerca de la celeridad con que se llevaron a efecto las exequias del cacique. Ningún feligrés hizo mención alguna a que el ataúd estuviera en todo momento tapado ni a que apenas hubo tiempo de velar el cadáver. O había mucho miedo, dada la identidad del finado, o es que su fama no merecía ni la consideración de sus pensamientos, más ocupados en sobrevivir a la hambruna producida por otra guerra que se estaba librando en ese momento a miles de kilómetros.

Realmente, ¿qué sucedió? En realidad, amigo, yo no sé qué pasó, solo puedo imaginarlo y conjeturar. Nunca tuve el valor de preguntarle a mi amada Julia sobre el tema y me angustiaría su reacción ante la lectura de estas líneas si no fuera porque su mente ya hace tiempo que voló hacia el olvido.

Estoy seguro de que no fue un acto premeditado. Si así hubiera sido, una vez consumado el crimen, no hubieran asaltado las dudas a los hermanos De los Ríos, reflejadas en aquel diálogo en la biblioteca del que fui un mudo testigo. Aquella conversación de los cuatro en la que intentaban decidir quién sería el cabeza de turco idóneo. Aún hoy, cuando lo rememoro, me entran ganas de orinar. Nunca conté a Julia esta historia.

La teoría más plausible, a juicio de este viejo juntaletras, es que algún miembro de la familia, en un arrebato ante la enésima falta de respeto de Ezequiel o ante el enésimo bofetón, cogió el abrecartas de mango de marfil, que siempre estaba sobre el taquillón del viejo cacique, y se lo clavó todas las veces que hicieron falta hasta que cayó al suelo, muerto.

Tiempo después, y tras frecuentar a la familia De los Ríos y notar las rencillas enquistadas que había entre los hermanos, se me hacía inconcebible que alguno de ellos fuera capaz de encubrir a cualquiera de los otros. También noté el amor incondicional que todos ellos sentían por su madre y cómo, todos a una, estuvieron junto a su lecho hasta el día en que exhaló su último suspiro.

Así que deduje que había sido doña Margarita quien acabó con la vida de su marido. Hizo un favor a todos, en especial a ella misma. Pensándolo ahora, amasar tanto dinero y al mismo tiempo tanto desamor. Tremenda lección de vida la de morir violentamente y que toda tu prole, por una vez en la vida, se pusiera de acuerdo en borrarte de su vida y de sus recuerdos. Tristeza inmensa el no tener un amigo clamando justicia o dispuesto a la venganza de tan ignominiosa muerte. Pero tú y yo lo sabemos, se lo merecía. ¿O no?

El fastuoso Mercedes era ahora solo un recuerdo mudo y *herrumbriento* del paso lento pero inmisericorde del tiempo en la otrora fastuosa mansión De los Ríos. El triste recuerdo de una época oscura y oscurecida por los que debieron alumbrarla y prefirieron callar. Tal vez no queramos saber, tal vez enfrentarnos al espejo del pasado, de lo que hicimos o de lo que dejamos que hicieran nos avergüence o nos dé miedo. El jardín delantero parecía ya un pequeño bosque y del sendero enladrillado que pisé mil veces ya nada quedaba a la vista. La tristeza de ver aquella casa derrumbándose era como una metáfora de una forma de vida que también se acababa. Pero esa tristeza no era nada comparada con la de no ver a Julia nunca más. Eso pensaba en aquellos tiempos.

A pesar de mi inmenso sufrimiento por perder a mi primer y, por suerte, único amor, eso no hacía, para mi desconsuelo, que el mundo dejara de girar. A mi alrededor nada había pasado, eso parecía. Yo no lo entendía. ¿Cómo diantres pretendía *Mastro* Mariano que me pusiera a lijar un listón de madera cuando mi corazón estaba roto en mil pedazos?

El tiempo algo curó o, al menos, algo palió. El ambiente familiar era algo mejor. Con la despensa llena, todo era más fácil. Aun así, el tiempo que pasaba en casa era el mínimo imprescindible. El que tenía que permanecer en la carpintería, que estaba sobre la vivienda, y poco más. La compañía de Manuel Peña y de ingenieros y agrimensores venidos desde Las Palmas para trabajar en los pozos y fincas de Mr. Levine me agradaba más que la de mi familia, si exceptuamos a Félix y a Andrés. Los tres pasamos demasiado como para que entre nosotros no surgiera un vínculo imposible de romper.

En el pueblo algo empezaba a cambiar. Mr. Levine era el nuevo hombre fuerte en la agricultura del norte de la isla. Acumuló tantas tierras como había hecho antes Ezequiel de los Ríos. Además, tuvo el buen ojo de diversificar cultivos e introducir otros nuevos. Se embarcó en negocios innovadores: fábricas de tubos, cementeras, extracción de áridos e incluso construcción de viviendas. En aquellos tiempos cada cual construía su casa con sus propias manos y las manos de muchos amigos. Era otra época y, dado lo revolucionaria que era esta última incursión empresarial, no encontró comprensión en el pueblo.

A pesar de este tropiezo, el éxito empresarial y social de Mr. Levine fue arrollador. Pagaba, por el mismo trabajo, casi el doble del jornal que recibía un peón de cualquier otro cultivador y eso lo hacía irresistiblemente atractivo. Decían sus detractores que había venido hasta aquí huyendo de la guerra y del reclutamiento. Sea como fuere, aquí hizo una labor que quedará marcada como huella indeleble en la historia del pueblo.

Tuvimos la inmensa suerte de que Mr. Levine encargara a *Mastro* Mariano toda la carpintería de la nueva casa que se estaba construyendo a la entrada del pueblo. Era una vivienda tan inmensa que su cocina estaba en un pueblo y el comedor en el pueblo de al lado. Mi padre ganó un buen dinero con aquella obra. Eso sí, trabajamos a destajo. Después de aquello, los encargos y el trabajo menguaron.

Los jueves le arrendábamos el burro a Salvador Dávila, un ganadero que vivía a las afueras del pueblo. Lo cargábamos de pequeñas butacas que podían usarse para sentarse y ordeñar a las vacas cómodamente, queseras que hicieran más fácil el trabajo de elaborar el rico manjar, famoso en toda la isla, y algunas piezas de latón, género que también trabajábamos, y nos íbamos hasta las zonas cumbreras a hacer negocio. Tan cargado como iba el burro el jueves venía el domingo de vuelta. Quesos, papas, almendras, nueces, castañas o algún *baifillo* eran nuestro pago. La gente, a pesar de trabajar como siempre había hecho, no tenía nada. Era la época del trueque.

En la ida siempre nos cruzábamos con muchos agricultores y ganaderos que bajaban en mulos y caballos. Las acémilas iban cargadas de productos frescos en dirección al pueblo. Me llamaba mucho la atención observar a muchas niñas y chicas jóvenes cargando sobre sus cabezas sacos de estiércol. Entre el pañuelo, que casi todas las mujeres llevaban anudado al cuello, y el saco con la sucia pero necesaria mercancía, colocaban una *rodillera* a modo de soporte. Era sorprendente el *jeito* con el que bajaban por los caminos reales que siglos atrás hollaron nuestros antepasados con aquellos sacos en sus testas y sin apenas inmutarse. Sí, amigo lector, tiempos duros para los pobres y, sobre todo, para las pobres.

Uno de esos domingos que llegamos de las medianías de la isla noté que había cierto ambiente festivo en las calles más céntricas del pueblo. En los balcones de los ricos de la calle principal se colgaban imágenes religiosas y banderas de España. No me apetecía demasiado quedarme en casa, así que cuando terminamos de descargar me dejé caer por la calle principal a ver qué se cocía. Los cornetines y las trompetas anunciaban algún tipo de procesión religiosa. Tenga en cuenta, señor lector, que para mí casi todos los días eran iguales. La rutina se adueñaba de mí por momentos, hasta el punto de no saber ni en qué día o en qué mes estábamos. Además, como ya sabe, la religión, ni entonces ni ahora, se dejó nunca entender por mí. Del balcón de la casa de las Cruz García (¿las recuerda?) pendían la bandera de España, con el águila bicéfala, y la de la Falange, roja y negra, con las flechas y el yugo.

Miraba a mis conciudadanos sin entender demasiado qué era lo que hacía tener tanta devoción hacia una imagen. Manuel Peña, que se había puesto a mi lado, como si me leyera el pensamiento me musitó:

—Ignorancia, desesperanza, miedo.

Asentí y seguí viendo el cortejo. Manuel me dijo que habían sacado la imagen para que paliara la sequía que venía padeciendo la isla los últimos meses. No salía de mi asombro. Tenía ganas de vomitar de tanta impotencia ante lo que a mí me parecía una magna sinrazón. Sin embargo, por un momento, solo por un momento, deseé ser como todos aquellos devotos feligreses, que al tocar la imagen o al tomar una oblea consagrada se sentían pletóricos, exultantes, casi en éxtasis. Sí, lector, hubo un momento en que los envidié.

Manuel Peña me tocó el brazo y me comentó que iba a saludar a alguien que había visto al otro lado de la calle, dejándome absorto en mis cavilaciones.

De repente sentí una punzada terrible en el costado y caí de rodillas sobre la empedrada acera. Grité de dolor y varios de los allí presentes me miraron; unos por curiosidad, otros por desidia y los más recriminándome estar alterando el noble desfile con mis alaridos. Mis manos buscaron el epicentro del impacto. Fue entonces cuando las vi. Dos botas negras muy bien lustradas.

—Mira, chaval, cuando pase la Virgen te tienes que destocar, ¿has entendido?

Reconocería aquella tétrica voz en cualquier parte. Berenguer seguía en el pueblo. Yo ni me acordaba de que tenía puesta la boina ni imaginaba que la Virgen se sintiera ofendida porque yo llevara la cabeza cubierta. Como ve, lector, mi idilio con la religión y sus acólitos militantes continuaba. Calentito me fui a casa.

Genoveva había colocado dos teniques en el jardín y buscaba leña con la que hacer fuego. Iba a tostar millo para hacer el gofio. Supe entonces que al día siguiente me tocaba llevar el millo, ya tostado, hasta el molino de *Mastro* Alberto. Pero eso sería mañana. Subí a la carpintería y me puse a trabajar en un joyero, con la peregrina idea de regalárselo algún día a Julia. Y sí, eso hice. Tenga paciencia, lector, y lo verá.

Una vez terminado, el pequeño cofre era digno de albergar en él cualquier tesoro. La visión del objeto acabado generó en mí una especie de catarsis. Quería a Julia, quería estar con ella y en ese momento supe que tenía que hacer todo lo que estuviera en mi mano para conseguir que ella quisiera estar conmigo. Hablaría con los hermanos Peña y, de ser necesario, con Alfonso de los Ríos.

El golpazo del guardia civil todavía me dolía, pero sanaría bien y solo se quedaría en una anécdota que contar a los nietos o a algún curioso lector, quién sabe. Berenguer ya no tenía el aspecto de guerrero nórdico que poseía años atrás. Sus ojos, otrora azules como el cielo, hoy semejaban más a un rojo escarlata. Estaba bastante gordo, iba desgreñado y apestaba a alcohol. Apestando a alcohol y armado. Mal asunto.

Al día siguiente, al despertarme, me fui con Félix y Andrés a llevar el millo tostado al molino. Genoveva nos había dejado junto a las talegas el dinero justo para pagar la maquila. Nos pusimos en marcha cargando con las dos talegas de millo. Nos íbamos turnando con la carga mientras cruzábamos el barranco hasta nuestro destino. Nos mirábamos unos a otros con cierto aire de complicidad, pensando en que las fincas que quedaban a izquierda y derecha de nuestro camino fueron violentadas por nuestras andanzas en busca de botín. Me fijé en que ya no había puertas verdes en las entradas. De Ezequiel de los Ríos ya no quedaba más que un vago recuerdo que menguaba día a día. Por mis palabras, amable lector, podría deducir que algo de *magua* sentía, pero no era así.

El sonido inconfundible de cascos de caballerías a galope tendido nos sacó de nuestros recuerdos para devolvernos de *remplón* al presente. Eran dos guardias civiles, que pararon sus monturas junto a nosotros. No los habíamos visto antes. Enfadados y casi sin aliento, preguntaron sin ambages:

—Zagales, ¿habéis visto por aquí a un hombre con una cicatriz muy larga en el rostro?

No teníamos idea de qué habría pasado, pero algo muy grave había hecho Juan el de la Cicatriz para que vinieran guardias civiles de Las Palmas a buscarlo. Félix, el mayor de los tres hermanos, se erigió en portavoz del grupo.

—¿A quién? ¿A Juan?

—Sí. ¿Lo conoces? ¿Lo has visto? ¡Contesta! —exclamó uno de ellos.

Félix no era consciente, ni nosotros tampoco, de la gravedad y la trascendencia del asunto que había traído a esos dos guardias civiles y a unos cuantos más desde la capital, por lo que osó preguntar:

—¿Qué hizo?

El guardia civil se bajó parsimonioso de la yegua baya que montaba y se acomodó el sable que portaba a un lado. Me temí lo que se le venía encima al bueno de Félix. «Solo» le dio un bofetón. Yo esperaba más, la verdad. Me alegré de equivocarme. Después de la *galleta,* me miró y no hizo falta que me preguntara nada.

—No hemos visto a nadie en todo el camino, señor —contesté con un hilo de voz.

—Anda por aquí, es muy peligroso. Tened cuidado y no os separéis. Perdona el cachete, chaval. Estoy muy nervioso.

Tras eso, espoleó su yegua y siguieron barranco abajo. Nos miramos sorprendidos pensando qué habría hecho el *sochantre* de Juan.

La duda nos la aclaró *Mastro* Alberto, el molinero.

—¿No se enteraron? —preguntó primero. Luego, bajando la voz hasta que casi era inaudible, musitó—: Juan mató a Berenguer y a Duarte.

El nerviosismo y el dolor de los dos guardias civiles con los que nos habíamos encontrado en el barranco eran comprensibles.

No sé usted, lector reincidente, pero yo me quedé sin una gota de sangre al escuchar aquella frase. Un cúmulo de emociones cayó de repente sobre mí como una cascada gigantesca. A la sorpresa por la noticia le siguió el miedo a encontrarme con Juan en el camino de vuelta, más por mis dos hermanos que por mí mismo, y enorme curiosidad por ver cómo se desarrollarían los acontecimientos futuros. Lo que no sentí, y no me avergüenza decirlo, fue pena. Por ninguno de los tres. Juan el de la Cicatriz era hombre muerto aunque siguiera respirando. Dudaba en aquel momento de que llegara al garrote. Matar a dos guardias civiles era una afrenta que el cuerpo de Ahumada no dejaría impune.

Mi mente, a la que era incapaz de poner en vereda, me llevó de repente a pensar en qué estarían haciendo ahora las pías Cruz García. Las imaginaba envueltas en negro y con un rosario en la mano, orando por el eterno descanso del alma de Berenguer. Fue y es un pensamiento ventajista. No debía regodearme en el dolor ajeno, pero nunca dije que fuera algo más que un hombre, con mis virtudes, las menos, y mis muchos defectos. Igual que usted, aunque no lo crea o no lo quiera creer. Pero no voy ahora a enfrascarme en una discusión con mi fiel lector. Al fin y al cabo, ha comprado mi libro y lo está leyendo.

Decidimos quedarnos por allí, cerca del molino, hasta que el gofio estuviera listo para no tener que dar dos viajes. Era doble trabajo y, sin saber si habían cogido o no a Juan, mejor no tentar a la suerte. Cuando *Mastro* Alberto nos avisó de que el gofio estaba listo nos cargamos las talegas, que pesaban bastante menos que cuando las habíamos llevado llenas de millo, y volvimos sobre nuestros pasos.

No hablamos en todo el camino. Cuando llegamos a casa, dejamos el gofio en la cocina y nos dispusimos a salir en busca de noticias. *Mastro* Mariano nos ahorró el viaje:

—¿Se enteraron? Cogieron a Juan.

Respiré. Félix y yo salimos de todas formas un rato después y nos llegamos hasta el cuartelillo, donde estaban Juan, en el calabozo, y los cadáveres de Berenguer y Duarte en un despacho convertido en improvisado velatorio.

A los cuerpos les habían puesto los uniformes de gala de la Guardia Civil. Juan tenía tantas heridas y hematomas en su cara que no se le veía la cicatriz que le había dado fama. Era una situación surrealista. Como si de un macabro ritual se tratara, cada persona que entraba en el cuartelillo llenaba de improperios a Juan y de alabanzas a los difuntos. Juan merecía los improperios, pero los otros no merecían homenaje alguno. No habían muerto, ni mucho menos, en acto de servicio. La versión más extendida es que, al parecer (y digo al parecer porque, al igual que con otros incidentes de este tipo ocurridos en el pasado, la tergiversación sobre lo acontecido era tónica general), fue una discusión entre borrachos, todos ellos armados, en la que salió vencedor el más diestro, o el más rápido, o el más traicionero.

Los cuerpos de los guardias civiles fueron trasladados a la península, de donde eran originarios. Estando ya los ataúdes en el navío que debía trasladarlos hasta su tierra para su eterno descanso, se produjo un hecho que puede ser ilustrativo de las penurias y de la escasez de aquellos tiempos. Esto me lo contó un amigo, estibador en el muelle de La Luz por aquel tiempo. Es una anécdota digna de una escena de Berlanga, salvo por lo morboso que resultaba que hubiera ocurrido en realidad, como la vida misma.

El caso es que cuando el barco ya iba a soltar amarras llegaron varios guardias civiles a caballo y aplazaron su partida. Al parecer, se habían olvidado de quitar los uniformes de gala que habían puesto a los cadáveres y que pertenecían a dos altos mandos del puesto de Las Palmas. Ni cortos ni perezosos, los guardias civiles subieron por la pasarela que unía muelle y barco, abrieron los ataúdes y desnudaron los cadáveres, todo ello ante la atónita mirada de los allí presentes.

Berenguer y Duarte se sobrepasaron conmigo, pero, al fin y al cabo, yo era un ladrón. No me dio ninguna pena su fallecimiento, pero sus cadáveres no merecían ese ultrajante y vejatorio trato. Como una broma cruel del destino, Juan el de la Cicatriz iba en ese mismo navío rumbo a Cádiz y luego a Sevilla, donde sería juzgado, condenado y muerto en el garrote.

Yo, con la ayuda última de Alfonso de los Ríos, pude entrar a estudiar en una institución de enseñanza superior propiedad de una orden jesuita. Como bien sabe mi fiel lector, mi relación con la religión no es cercana, pero en honor a la verdad he de decir que en aquella institución encontré un grupo de eruditos que me enseñaron todo lo que sabían, y era mucho. Trabajé muy duro para alcanzar el nivel que ya tenían mis compañeros, más avezados en las humanidades. Ellos también me ayudaron mucho. Eran tiempos difíciles, pero allí parecía estar en una burbuja impermeable al odioso mundo que se movía fuera a marchas forzadas.

La institución secundaria de los seguidores de San Ignacio se enclavaba en el barrio más antiguo de la ciudad de Las Palmas. Aquel barrio rezumaba historia y cultura por los cuatro costados. Los domingos por la noche, cuando mi buen amigo Pepe conducía el camión cargado de plátanos desde el pueblo hasta el muelle de La Luz, me hacía un hueco en la cabina junto a él y nos pasábamos el camino rememorando los felices meses que trabajamos juntos en la mansión De los Ríos y aprendiendo mucho el uno del otro y el otro del uno. A los plátanos, todavía verdes, aún les quedaba una larga singladura hasta llegar a los muelles británicos. Ya no podían desembarcarse en los muelles de Canary Wharf, destrozados por las bombas nazis en la guerra recién terminada.

Pasaba toda la semana en la capital entre fórmulas químicas, teoremas, operaciones matemáticas y declinaciones latinas y griegas, pero siempre sacaba tiempo para hacer visitas de cortesía a doña Margarita y, sobre todo, a Julia. Llegó el momento en que esas visitas se hicieron cotidianas, hasta tal punto de hacer innecesaria la presencia de carabina alguna. Que la familia al completo no diera importancia a mi integración en ella solo puede responder a lo fragmentada que estaba. Doña Margarita era el núcleo de unión entre todos ellos, pero era un vínculo con una fecha de caducidad ya muy cercana.

Los viernes por la tarde me volvía otra vez al pueblo, de nuevo en la cabina junto a Pepe. Él regresaba después de dejar en La Luz la fruta destinada a la península. La caja del camión iba atestada de paisanos que habían acudido a la capital a visitar a algún médico especialista, a tramitar algún tipo de papeleo o a comprar algún artículo imposible de encontrar en el pueblo. Pepe no les cobraba nada y a nadie dejaba atrás.

Mi vida siguió adelante, la vida de todos siguió adelante. Mi vida junto a Julia es (me niego en redondo a decir «fue») maravillosa. Sobreviví a todos mis hermanos. Todos, salvo Félix, eran menores que yo. Sin embargo, me tocó velarlos y enterrarlos a todos. Y no interprete, lector, que digo esto con satisfacción, porque no es así. Es doloroso. Félix y Andrés, cuyas muertes más me afectaron, fallecieron a causa de la desesperanza. Sus vidas fueron presas de una vorágine de excesos y, una vez dentro de ese maldito laberinto, no encontraron una Ariadna que les diera un ovillo que les ayudara a regresar del abismo.

¿No cree, mi inteligente lector, que alguien pueda morir de tal enfermedad? La desesperanza trae consigo unos efectos secundarios muy reconocibles: alcoholismo, ludopatía, reyertas y enfermedades venéreas. ¿Está ahora de acuerdo conmigo en que sí se puede morir de desesperanza?

Isabelita y Pepe también fallecieron, creo que con la pena de no haber tenido un hijo que reconfortara su existencia. También me tocó velar y enterrar a la mujer y a todos los hijos de Ezequiel de los Ríos, salvo a Julia, a la que veo sentada en el jardín mientras tecleo esta historia para mis ávidos lectores. En vez de estar con ella, estoy aquí con usted, mi fiel lector, escribiendo mi insensata vida. Para que tenga constancia del respeto que tengo por todos los que han tenido a bien leer estas líneas y revivir mi vida.

Poco a poco fue entrando en la mansión. Sí, con el tiempo me hice con un buen peculio y la mansión del cacique fue el maravilloso hogar que construí y compartí, primero solo con Julia y más tarde con todos los que llegaron a llenarlo de risas y alegrías. Tal vez imbuido por esas alegrías y risas, el muy tunante pasó desapercibido y hasta que no fue tarde no lo descubrimos. De todas formas, nada hubiéramos podido hacer contra tan fiero y traicionero rival. Alzhéimer se llama. Los recuerdos de Julia huyeron asustados sin que ni yo ni nadie les pudiera dar alcance. La noticia de su mal, por esperada, no dejó de ser dolorosa. «¿Por qué a mí?», pensé egoístamente. «¿Por qué a ella?». Lloré todo lo que no había llorado en mi vida.

Los protagonistas de las novelas que, en su juventud rebelde y contestataria, devoró en la misma biblioteca donde tecleo yo ahora con mis temblorosos y arrugados dedos en esta moderna máquina huyen como ratas de un barco a punto de hundirse. Ulises zarpa en busca de vientos favorables que lo devuelvan a Ítaca. Eneas intenta encontrar un terruño donde aposentarse. Hamlet, Crusoe y Strogoff. Todos se van. David, Oliver e incluso Pip migran buscando campos más fértiles donde enraícen sus novelescas vidas. La mente de Julia es ya un campo yermo. Yo mismo pronto me marcharé de él.

Cuando el neurólogo nos dijo lo que ya intuíamos, la enfermedad todavía estaba en sus primeros estadios. No obstante, por si acaso, nos comentó que sería bueno que revisásemos sus cosas por si tenía algún objeto afilado o cortante con el que pudiera autolesionarse. Nuestros hijos se encargaron de revisar la casa, salvo el dormitorio. Creí legítimo y necesario encargarme yo de nuestro sanctasanctórum.

En su tocador encontré el joyero que le había hecho con tanto cariño. No pude dejar, a pesar del delicado momento, de sentir orgullo por mi obra y esbocé una sonrisa. En un capricho de la mente, recordé que fue el golpe que me dio Berenguer lo que me transmitió las ganas necesarias para terminarlo y para cambiar mi vida. Y sentí pena por Berenguer. Sí, amigo lector, sentí mucha pena. Él nunca vivió. Estuvo en este mundo, pero no vivió y yo sí.

Dentro de él Julia todavía conservaba alguna de las notas que yo le enviaba en mis tiempos de estudiante y alguna que otra estampita o medalla que me daban los padres jesuitas y que yo le llevaba a ella como si fuera un gran tesoro. En el fondo del cofre había un abrecartas con un mango de marfil, juraría que idéntico al que hace años estuvo en esta biblioteca, sobre el taquillón.

Fueron tiempos convulsos los que me tocó vivir, como a usted, como a cualquiera. La historia la escribimos cada día, aunque la reescribamos al siguiente. Esta, querido lector, es una sucinta alegoría de mi vida por estos andurriales pueblerinos que tanto adoro y que solo dejaré cuando me toque. Por cierto, querido amigo, querida amiga, no le he dicho mi nombre. Elija para mí uno cualquiera y viva, por favor, viva. Gracias por haber llegado hasta aquí.

Glosario

Pienso, y esto no es en absoluto falsa modestia, que para enseñar primero hay que aprender. Por eso no es ni ha sido nunca mi intención enseñar nada a nadie. Sin embargo, esta globalización, que unos veneran y otros critican abiertamente, amenaza con llevarse por delante determinados rasgos culturales, formas de hablar y comunicarse que debieran guardarse como el tesoro que son. Por eso, me he propuesto contribuir con el empleo en esta pequeña historia de determinados vocablos que apenas se usan ya en las conversaciones cotidianas del día a día.

Albercón: Alberca, embalse.

Alpendre o alpende: Cobertizo para guardar animales o útiles de labranza.

Baifo: Cabrito.

Barrilla: Planta rastrera que se caracteriza por tener hojas y tallos tiernos y jugosos. En el pasado se utilizó para la fabricación de jabones.

Benahoarita: Hace referencia a la isla de La Palma.

Cachucha: Sombrero, gorra.

Cadena: Trozo de terreno para cultivar, dispuesto horizontalmente en una pendiente, sujeto con una pared de piedra y formando escalera con otros.

Calla(d)o: Piedra alisada y redondeada a fuerza de rodar impulsada por las aguas, que se encuentra en la ribera del mar y en los barrancos.

Camellón: Lomo entre surco y surco de la tierra arada o el que se levanta con la azada para formar y dividir las eras de las huertas.

Cantonera: Depósito con dispositivos adecuados para recibir el agua de los pozos y presas y distribuirla de manera proporcional entre las personas que tienen derecho a ella.

Chafalmeja: Persona de conducta poco formal e irresponsable.

Desconchabar: Desarreglarse un órgano o un miembro del cuerpo.

Dichete: Apodo.

Envite: Juego de baraja en que contienden dos equipos.

Estelero: Curandero que se dedica a componer dislocamientos de huesos, esguinces, etc.

Florilla: Flor que sale en el extremo de cada uno de los plátanos del racimo, la cual ha de cortarse para evitar que se pudra el fruto.

Fonil: Embudo.

Fotingo: Coche viejo y destartalado.

Gofio: Harina hecha de millo, trigo, cebada u otros granos tostados.

Horcón: Puntal que se emplea para sostener la rama de los árboles, en especial la platanera, ya que con el peso del racimo se va escorando.

Jareteo: Marchar del camello.

Jeito: Maña. Palabra de origen portugués.

Lebrillo: Vasija de barro más ancha por el borde que por el fondo, que se emplea generalmente para amasar el gofio.

Machango: Persona de poco seso y ridícula.

Magua: Pena, lástima, desconsuelo por la falta, pérdida o añoranza de algo. Palabra de origen portugués.

Mandarria: Maza usada en albañilería, herrería, cantería, etc., que, según los lugares, es relativamente pequeña y se coge con una sola mano, o grande para coger con las dos.

Naife: Cuchillo. Del inglés *knife.*

Pajullo: Brizna de paja o de hierba seca.

Palanquín: Sinvergüenza, fresco, bribón.

Pegar: Comenzar, principiar.

Pezcuezón: Golpe.

Pita sábila: Aloe vera.

Pollanco, pollanquillo: Adolescente.

Puño: Puñado.

Rehilete: Persona que actúa con mucha rapidez y diligencia.

Remplón (de): De sopetón, súbitamente.

Rodillera: Rosca hecha de paño, hierbas, etc., para llevar pesos en la cabeza.

Rolo: Tallo de la platanera.

Soltar: Terminar los peones una jornada de trabajo.

Templado: Borracho.

Tenique: Piedra grande.

Tolete: Torpe, lerdo, tardo de entendimiento.

www.ingramcontent.com/pod-product-compliance
Lightning Source LLC
LaVergne TN
LVHW101929220826
846093LV00009B/402

9788419520333

guerrières et remuantes. Or, jusqu'ici la qualité des troupes employées en Afrique n'a été ni convenable ni suffisante; on n'a songé à opposer aux Arabes que de l'infanterie, et c'est surtout de la cavalerie qu'il fallait pour les vaincre et les maintenir : ceci est facile à prouver.

L'ennemi que nous avons à combattre en Afrique est une espèce de Numide, ne faisant pour ainsi dire qu'un avec son cheval, habile à le manier dès son enfance, aussi solide sur son coursier que le fantassin sur la terre, connaissant son terrain, et n'attaquant que dans la plaine. Une circonstance plus grave encore, c'est qu'il attache autant d'honneur à fuir à propos et avec dextérité qu'à marcher en avant et à arriver. La première de toutes les conditions d'une armée, pour se mesurer avec son ennemi, est de se mettre à armes égales, si elle ne peut se mettre à armes supérieures; et on a fait jusqu'ici et on fait encore tout le contraire. L'infanterie est la principale force en Afrique; par là on se place dans un état d'infériorité vis-à-vis des Arabes, et il est bien évident que c'est à l'absence d'une cavalerie proportionnée à l'infanterie que nous devons de voir échapper presque tout le fruit de nos succès, et la guerre se perpétuer indéfiniment.

Mais, dira-t-on, les principaux avantages obtenus jusqu'ici l'ont été par l'infanterie. Loin de le contester, je le proclame hautement, et cela ne fait que corroborer mon assertion, car cela prouve, d'une part, le génie militaire de ceux qui ont commandé nos armées; de l'autre, l'intrépidité et l'ardeur de notre infanterie, qui seule est arrivée à ces immenses résultats, mais qui, secondée par une cavalerie proportionnée, aurait achevé la conquête.

Jetons un coup d'œil sur le passé.

Avant 1840, aucun projet de conquête ou d'établissements sérieux en Algérie. On se borne à se maintenir dans les limites du traité de la Tafna. On occupe les points principaux du littoral; l'armée possède un effectif de 60 à 70,000 hommes, dont seulement quatre régiments de chasseurs d'Afrique, les spahis d'Oran et de Constantine, et les gendarmes maures formant les corps de cavalerie d'Afrique.

A la reprise des hostilités, M. le maréchal Vallée, surpris par les évènements et quoique peu en mesure d'y faire face, prend une vigoureuse offensive sans attendre les renforts demandés, et obtient des succès qui se terminent par l'occupation de Médeah, Miliana et Scherchell.

Remplacé par M. le général Bugeaud, il quitte l'Afrique en 1841.

Ce dernier vient alors faire l'application des plans et des projets qu'il avait développés à la tribune de la Chambre, et prouver au pays qu'il est aussi habile en théorie qu'en pratique; il prend pour base de ses opérations dans l'ouest la ville de Mostaganem; il crée les colonnes mobiles qui sont devenues la terreur des Arabes, qui harcèlent en tous sens, en tous lieux, l'ennemi, ne lui laissent aucun repos, et le ruinent; il fait de nombreuses razzias; il va, il vient, il se multiplie, et amène enfin la presque totalité des tribus à reconnaître notre domination. Ces grands résultats sont obtenus dans une période de moins de dix-huit mois. La France doit au général Bugeaud la conquête d'une belle province, et le roi l'en récompense par la diginité de maréchal de France : c'était justice!

Mais la question n'est pas là, je l'ai déjà dit; il s'agit maintenant d'examiner si les avantages obtenus par l'effectif énorme de notre infanterie, ne l'eussent pas été plus tôt et plus sûrement avec moins d'infanterie et plus de cavalerie en rapport alors avec celle de nos ennemis, surtout si cette cavalerie eût été plus judicieusement employée. Il s'agit d'examiner encore si aujourd'hui cette cavalerie est assez nombreuse et si elle est mieux employée que par le passé.

La force moyenne des colonnes est de quatre, cinq et six bataillons, et souvent il s'y rencontre un *échantillon* de cavalerie de 40 à 50 chevaux, rarement de 100. Franchement, est-ce d'abord un nombre proportionnel de cavalerie pour accompagner des colonnes d'infanterie aussi importantes? Ensuite, il faut admettre comme sérieux ce que nous avons dit de l'Arabe et de ses habitudes de cavalier. Il faut admettre surtout cette circonstance grave, qu'il n'attache aucun déshonneur à la fuite, et que presque tous les combats finissent par là. Comment est-il possible alors que l'infanterie, une fois qu'elle a vaincu et mis en déroute des cavaliers aussi habiles que les Arabes, puisse les atteindre et remporter une victoire complète? Ce n'est évidemment qu'à l'aide d'une cavalerie imposante qu'on peut arriver à ces résultats; et dans cette guerre de colonnes mobiles cette arme eût certainement amené des effets plus prompts et plus décisifs en sillonnant le pays, si on s'en fût servi en plus grand nombre et plus souvent. Mais la cavalerie était casernée sur le littoral, où elle est encore si mal placée, ainsi que je le ferai ressortir tout-à-l'heure. Deux fautes étaient donc commises dans cette circonstance? La première, d'avoir établi une cavalerie aussi disproportionnée à l'effectif de l'infanterie qu'elle n'en pourrait plus maintenir l'équilibre observé dans toutes les armées européennes; la seconde, ayant à faire à un ennemi essentiellement cavalier, de n'avoir pas, au contraire, oublié cette proportion au profit de la cavalerie.

Maintenant, je pose un fait qui est incontestable : depuis le 31 décembre 1839, depuis l'affaire de la Smala, où un jeune prince, avec une faible cavalerie, attaqua une nuée d'Arabes qu'il vainquit et fit prisonniers, jusqu'à la bataille d'Isly, si les principaux succès ont été obtenus par l'infanterie, tous les fruits de ces succès l'ont été par la cavalerie.

Les fameuses batailles de Lutzen et de Bautzen ont été gagnées par l'infanterie; personne n'ignore quels en furent les résultats : nous manquions de cavalerie...

Après ces faits posés, il est bon, pour qu'on puisse mieux juger de la situation, de poser des chiffres. Voici la force de notre cavalerie en 1841, et je puis affirmer qu'elle a peu varié et qu'elle était même diminuée à la fin de 1845.

Quatre régiments de chasseurs d'Afrique à six escadrons chacun, représentant un effectif moyen de 900 chevaux qui, après en avoir retranché les éclopés, malingres, l'infirmerie et toutes les non-valeurs, donneront chacun dans le rang de 5 à 600 chevaux. (Ce dernier chiffre est exagéré, mais nous l'admettons), ci . 2,400

Deux régiments de marche incorporés plus tard dans les chasseurs, effectif de 500 chevaux chacun, réduits des deux tiers en nombre réel, ci.	700
Deux régiments de spahis, celui d'Oran et celui de Bone, ci.	800
En nombre rond. . .	4,000

Telle a été constamment, telle est aujourd'hui la situation de notre cavalerie régulière pour une armée de 75 à 80,000 hommes.

Pourquoi s'écarter dans cette circonstance du chiffre proportionnel de la cavalerie? Cette proportion est fixée d'une manière certaine, non-seulement en France, mais chez toutes les puissances de l'Europe, et ce n'est pas en vain. La Russie compte soixante-quinze régiments de cavalerie, c'est le sixième environ de son infanterie ; la Prusse en a trente-huit, c'est environ le quart de son infanterie; en Autriche et en France, la cavalerie forme le cinquième. Il y avait donc nécessité absolue d'envoyer en Afrique le cinquième de cavalerie, soit 15,000 chevaux pour une armée de 75,000 hommes, ou tout au moins d'y envoyer des cavaliers qui auraient pu s'y remonter facilement.

Ainsi, dans une guerre où cette cavalerie devait être supérieure en proportion, en envisageant la tactique de l'ennemi, on ne l'a pas même mise à la force relative de l'infanterie.

Les principes que nous défendons sont pourtant posés depuis longues années et cimentés par l'expérience et les évènements. Nous les trouvons écrits, entre autres, dans un ouvrage spécial : *Cours d'art et d'histoire militaire,* par Jacquinot de Presle, où ils semblent formulés tout exprès pour la question que nous traitons...

« La proportion de la cavalerie avec l'infanterie, dit-il, ne peut être déterminée que d'une manière approximative. Elle dépend de la nature du pays où l'on doit porter le plus souvent la guerre, et des facilités qu'on trouve chez soi pour la remonter. »

Ces chiffres et ces principes parlent seuls, et prouvent ce que nous avons dit plus haut de notre infériorité vis-à-vis des Arabes.

Mais qu'a-t-on fait pour utiliser cette faible cavalerie? et comment a-t-elle été employée alors qu'en 1842, 43 et 44, on supposait la conquête achevée par les armes? Ainsi que je l'ai dit, on l'a placée sur le littoral, et là, à quoi pouvait-elle être utile? Si une insurrection se déclarait dans la plaine, il lui fallait au moins deux jours de marche pour y arriver. Et pourquoi ne pas la laisser permanente, au milieu de ces belles plaines si fertiles, au sein des tribus les plus remuantes, et que sa présence seule aurait contenues, en même temps que cela eût fait avorter toutes les tentatives d'insurrection !

C'est qu'en effet la topographie de l'Afrique française se prête admirablement à cette mesure, et cette disposition paraît toute naturelle. Les plaines d'Eghris, de l'Hillil, de la Mina et du Schéliff, forment une vallée continue jusqu'au Gontas, vallée qui n'est interrompue que par une chaîne de montagnes des Flittas, qui sépare la plaine d'Eghris de la Mina. Cette vallée, qui partage le Tell, est presque parallèle à la mer, et n'en est éloignée moyennement que de dix à quinze lieues. Or, s'il est d'une bonne stratégie d'occuper un pays en se plaçant au centre, sur les points les plus avantageux, de manière que, suppléant au nombre par la bonne disposition des troupes, on puisse se porter, par le trajet le plus court, sur les points menacés, n'est-il pas évident que la cavalerie, toute faible qu'elle était, se fût trouvée en meilleure position dans ces plaines que sur les bords de la mer? Jamais, sur le littoral, de chances de combats, d'occasions de se rendre utile à la conquête; et si d'ailleurs la cavalerie eût occupé la plaine, on eût empêché toute espèce d'affaires sérieuses sur le littoral; car l'Arabe a trop d'instinct pour venir en force se placer entre elle et la mer.

Un motif encore, mais sur lequel je ne veux pas m'appesantir, et qu'il n'est pas opportun de traiter ici, eût été la facilité de se procurer des fourrages pour la nourriture des chevaux. Le quintal métrique de foin, fourni à l'administration par les Arabes, nous serait revenu à 5 fr. au plus sur les lieux, et à 2 fr. au plus, récolté par nos propres soldats, tandis que, sur le littoral, ce même quintal de fourrages, amené à grands frais d'Espagne ou d'Odessa, est payé 13 et jusqu'à 15 fr.

Ainsi, sans nous occuper de la province de Constantine, dont la tranquillité n'a jamais été sérieusement troublée, les postes avancés de Zebdou, Saïda, Thiaret, Teniet-el-Had, Boghar, toujours confiés à des bataillons d'infanterie, auraient compté en outre chacun 2 ou 300 chevaux fournis par les régiments qui auraient occupé la plaine, et ils auraient pu journellement communiquer entre eux par des détachements. Les colonnes mobiles, fortes seulement de deux ou trois bataillons chacune, auraient pris, en entrant en expédition, 2 ou 300 chevaux dans la plaine, mais jamais moins de 200 ; et j'en appelle ici à tous les généraux et commandants de colonnes en Afrique, et je leur demande s'ils ne préfèreraient pas une colonne ainsi composée à celles de cinq ou six bataillons et 40 ou 50 chevaux, comme elles sont encore organisées aujourd'hui, au moins en grand nombre. Dès lors la vue de cette cavalerie, de ces redoutables chasseurs qui impriment l'effroi aux Arabes, et qui eussent sans cesse sillonné le pays, n'eût-elle pas suffi à contenir les populations et anéanti bien des projets funestes à notre armée. Avec nos chevaux, on aurait pu suivre et atteindre les ennemis dans leur fuite ; une fois sa tente plantée, l'Arabe eût réfléchi avant d'attaquer, avant de faire défection, avant de rien entreprendre, soit comme ennemi, soit comme traître, contre des cavaliers qu'il aurait reconnus supérieurs à lui par la tactique, la discipline et le courage.

Et si l'on croyait que c'est peut-être l'habitude d'avoir commandé toute ma vie à des cavaliers qui me fait tenir ce langage, je pourrais donner sur mon assertion des preuves qui démontreraient que cette opinion est aussi convaincue que désintéressée. J'ai parlé de la terreur qu'inspiraient nos chasseurs d'Afrique, de l'utilité qu'on pourrait retirer de leurs services; en voici des exemples :

Le poste du Khamis sur le Rhiou était occupé par 200 hommes, et n'était, à proprement parler, qu'un poste-magasin. Quelques désordres se manifestèrent chez les Beni-Meslem; je résolus d'augmenter ce poste de 200 autres hommes, auxquels j'adjoignis 40 chevaux. J'ordonnai alors au commandant de faire des sorties dans un rayon assez rapproché pour ne rien compromettre, et pour qu'il pût rentrer le soir même, ou au plus tard le lendemain. Il devait occuper ses sorties à faire la police du pays, à surprendre et surtout à se saisir d'un chef influent nommé Chedli, ennemi de notre domination, qui avait constamment refusé de se soumettre, et qui tentait de causer des désordres en désaffectionnant les tribus restées fidèles à notre autorité. Chedli n'était éloigné du poste que de quatre lieues et en était peu inquiet, sachant qu'il ne se trouvait pas au Khamis de cavalerie, et que la plaine, qui n'était qu'à cinq lieues de là, n'en avait pas davantage.

La cavalerie, envoyée clandestinement, partit une nuit, précédant une compagnie d'infanterie pour la soutenir. Ce Chedli allait être surpris et arrêté lorsqu'il s'échappa, grâce à la trahison d'un chef arabe qui le prévint à temps. Mais, s'il ne fut pas pris, il abandonna le pays, et dès ce jour ne reparut plus dans une contrée où nos chasseurs pouvaient le poursuivre et l'atteindre. D'autres razzias furent exécutées à l'aide de cette petite cavalerie ; une entre autres sur les Sbhéa. Leurs effets furent si prompts et si salutaires, que des demandes de soumission ne tardèrent pas à arriver. Les évènements de l'ouest empêchèrent qu'elles ne fussent accomplies, mais les résultats n'en avaient pas moins été marqués, et c'est à ce faible détachement de 40 chevaux qu'ils furent dus.

Au mois d'octobre dernier, après quelques combats sérieux livrés les 19, 20 et 23 septembre, dans lesquels une faible infanterie, composée de 1,200 hommes, combattit pour sauver un bataillon de la légion étrangère, et ne pas voir se renouveler le désastre de Sidi-Brahim, la colonne que je commandais en personne dut se replier sur la Mina et se rapprocher de ses approvisionnements. Décidé à garder la ligne de la Mina, j'y établis mon centre d'opérations, et je me fis renforcer de 150 chevaux; ce qui me présentait en totalité un effectif de 250 hommes de cavalerie. Quoique peu importante, cette augmentation me permit de me rendre maître de la plaine, et pas un cavalier arabe n'osa s'y montrer. Appuyé de deux bataillons, je m'emparai de tous les silos des tribus révoltées, qui aidèrent à la nourriture des chevaux de notre cavalerie, et à celle des chevaux des tribus qui ne nous avaient pas abandonnés.

Bou-Maza, ce fameux chef arabe, osa, à la tête de 1,200 cavaliers, tenter un coup de main, au confluent du Schéliff et de la Mina, sur les tribus qui nous étaient restées fidèles; attaqué vigoureusement par un petit nombre de chasseurs, il fut repoussé avec une perte de 150 des siens, sans qu'un seul des nôtres ait péri.

Dès ce jour, Bou-Maza ne reparut plus dans la plaine.

Quoique le nombre de 250 soit bien inférieur à celui de 1,200, on pouvait tenter l'affaire sans crainte, parce qu'on avait le moyen de former une réserve, ce qui eût été impossible avec 100 chevaux. Car dans la guerre que nous faisons en Afrique, rien n'est plus aisé que de culbuter les Arabes au premier choc; quelque soit leur nombre, on perce leurs rangs comme une balle traverse une porte : le difficile est de revenir; voilà pourquoi la réserve est indispensable.

De ces diverses circonstances, il résulte que, malgré les appréhensions de M. le maréchal Bugeaud, exprimées dans une lettre qui a été rendue publique, je parvins à me maintenir sur la Mina, et fus assez heureux pour garder cette position.

Informé plus tard que Bou-Maza s'était porté, par le Bas-Schéliff, dans le pays des Medghers de la rive gauche du Schéliff, entre Mostaganem et la Mina, je partis à deux heures du matin, fis douze lieues, détachai un escadron avec deux bataillons, et revins le jour même sur la Mina avec le reste de ma cavalerie.

Je le demande, cela eût-il été possible avec de l'infanterie, et aurait-on pu, en vingt-quatre heures, faire vingt-trois lieues? Bou-Maza, averti par les signaux de nuit, décampa.

Mais l'effet moral de la cavalerie se fit remarquer surtout dans cette circonstance; bien que j'eusse laissé trois bataillons sur la Mina pour protéger les tribus du kalifa Sidi-el-Aribi, ces tribus commencèrent à ressentir des craintes; elles ne se crurent sauvées que lorsqu'elles virent revenir la cavalerie. Aussi leur joie fut telle, qu'en nous revoyant, elles se livrèrent à des démonstrations qui tenaient du délire.

Je m'arrête ici dans la citation des exemples que je pourrais multiplier encore; mais de tels faits suffisent, je pense, pour prouver l'importance qu'attachent les Arabes à la cavalerie, la sécurité qu'elle inspire à nos amis, et l'épouvante qu'elle jette à nos ennemis; et c'est après des preuves aussi évidentes, sans cesse renouvelées, qu'on a négligé à ce point cette partie de l'armée si utile, je dirai si indispensable.

Il est regrettable que l'on n'ait pas compris plus tôt cette vérité. Il est regrettable surtout que M. le maréchal Bugeaud, dont les hautes qualités et le génie militaire font le digne chef de son armée, comme il en est le premier soldat pour l'énergie et l'activité, ait laissé la cavalerie à un rôle si secondaire, ou qu'il n'ait peut-être pas dépendu de lui seul de la porter à un effectif plus élevé.

Aujourd'hui on semble vouloir revenir un peu de cette erreur en augmentant la cavalerie; mais à quoi servira cette mesure si on ne la dirige pas mieux désormais, et il est à craindre non-seulement qu'on suive toujours l'ancienne marche quant à ses positions, mais encore qu'on s'effraie des difficultés qu'on va rencontrer pour les remontes, car, par cela même qu'on ne s'occupait pas de la cavalerie du tout, on a laissé presque éteindre en Algérie la race chevaline. Un chiffre doit le prouver facilement. Le bon cheval, qui valait, en 1839, dans ce pays de 3 à 400 fr., en vaut, en 1846, 1,000 à 1,200 fr., et encore ne le trouve-t-on pas toujours. Telle est pourtant la situation à laquelle a conduit cette négligence fatale; et maintenant, on semble vouloir continuer le même emploi de troupes en casernant la cavalerie sur le littoral. On construit de toutes parts sur ce point, ou du moins les budjets sont préparés pour cela, on construit, dis-je, des quartiers permanents pour cette arme; constructions inutiles, maladroites, et qu'il faudrait réduire à un abri pour recevoir les mulets de transport partant de la côte pour l'intérieur. Ce n'est pas là, nous l'avons dit, que la cavalerie peut être casernée de manière à être utilisée; c'est dans la plaine. Mais la volonté contraire semble se manifester dans les plus petits détails. Ainsi, on avait fait à Orléans-Ville un quartier de cavalerie; mais on s'est bien vite hâté d'en faire une caserne d'infanterie. Ainsi, un poste existe à Tiaret, sur les hauts plateaux qui forment les limites du Tell dominant la plaine, et semble créé tout exprès pour la cavalerie, à voir les meules de fourrage amoncelées tout autour, dont le foin revenait même à moins de 1 f. 50 c. à l'administration. Eh bien! on n'y a pas envoyé un seul cheval, le fourrage a été distribué en litière aux chevaux de passage des diverses colonnes qui s'y arrêtaient : et le reste, pourri par le temps et l'humidité, n'a pu servir à rien. Mais je m'arrête de nouveau dans des citations d'exemples qui seraient trop nombreux. La mauvaise disposition qu'on fait prendre à la cavalerie n'est que trop constatée. Je ne répèterai pas ici ce que j'ai déjà dit à propos de la position que je demande pour elle dans la plaine: ce que je disais qu'on aurait dû faire il y a quelques années, il faut le faire aujourd'hui, la situation n'est pas changée, et si nous possédons plus de lieues de terrain, nous n'en sommes pas plus paisibles possesseurs. Que la cavalerie, mise en harmonie avec une armée de 60,000 hommes d'infanterie et soutenue par elle, rayonne dans la plaine par des postes qui la relient; qu'elle soit prête à faire vingt lieues, s'il le faut, pour courir sur le théâtre de la révolte ou de l'attaque. Qu'Abd-el-Kader, au lieu de ces masses d'infanterie qui finissent toujours par le vaincre, mais qui ne peuvent jamais l'atteindre, trouve une cavalerie au moins égale à la sienne pour le nombre et supérieure par l'habileté, la discipline et l'ardeur, et l'on pourra éviter ces coups de main, ces invasions si fatales à nos troupes, ces révoltes si pénibles et si décourageantes, ces trahisons qui ne peuvent être contenues que par la terreur. Alors, si la conquête de l'Algérie n'est pas entièrement terminée par les armes, on pourra travailler à la conquête morale, derrière ces fiers bataillons qui assureront la sécurité et la possession.

Telle serait la position de la cavalerie dans les provinces d'Oran et d'Alger. Tlemcen, par son importance sur la frontière du Maroc, a toujours eu un régiment, il devrait en avoir trois, tant pour la surveillance de la frontière, que pour former les postes de Sebdou, L'alla-Marghnia et Djemma-Ghazouat. Mascara, qui se trouve placé sur les limites de la plaine d'Eghris, a été bien choisi pour y mettre la cavalerie, seulement l'effectif est trop faible, car il devrait toujours y avoir deux régiments qui fourniraient le poste de Saïda. Pour la plaine de la Mina, deux régiments de cavalerie devraient être placés à Relizane; ils fourniraient un détachement à Tiaret. Pour la plaine du Schéliff, un autre régiment devrait être placé à Orléans-Ville, il fournirait un détachement à Teniet-el-Had; et enfin un régiment placé à Elcantara et sous Milianah garderait toute cette partie de la plaine jusqu'au Gontas.

Médeah aurait un régiment pour le poste de Bogard.

Chacun de ces régiments de la plaine ayant à détacher 2 ou 300 cavaliers, suivant le plus ou moins de facilité qu'on aurait à les nourrir sur les lieux, serait appuyé nécessairement, pour la garde du poste, par 2 ou 300 hommes d'infanterie.

Quant à la cavalerie d'Alger, elle devrait être

placée en totalité à Blidah, sauf un ou deux escadrons de service qui resteraient à Alger pour l'état-major et le service des ordonnances. La tranquillité de la plaine de la Mitidja se trouverait ainsi parfaitement assurée.

Il est une dernière question qui se rattache à la cavalerie africaine, et que j'ai posée, c'est la presque extinction de la race chevaline dans ce pays. Quant à cet inconvénient, un noble et salutaire exemple a été donné par le général Lamoricière, qui a senti combien était funeste cette négligence de l'administration. A l'aide des chevaux de soumission qui lui ont été personnellement offerts, à l'aide de ceux pris dans quelques razzias, il a formé un haras qui peut aujourd'hui presque rivaliser avec nos plus beaux de France. Je n'ai pas à révéler ici combien de soins et de persévérance il lui a fallu pour arriver à cette œuvre, sans avoir l'appui du gouvernement, qui seulement à présent consent à le lui accorder. Que cet exemple porte du moins ses fruits; que le gouvernement forme des haras pareils à celui du général Lamoricière, et la race chevaline est ressuscitée en Algérie!

Maintenant je passe à la seconde question, celle de l'administration.

Pour suivre une marche salutaire, digne et sûre, la chose la plus importante à faire en Algérie, après sa conquête, était de lui donner une organisation en harmonie avec ses mœurs, ses usages et sa religion. On a procédé tout autrement, et l'on a commis sur ce point deux fautes graves.

La première a été l'organisation prématurée; la seconde, l'organisation mauvaise.

A peine avait-on tiré les premiers coups de fusil, qu'on songeait déjà à établir l'administration civile, avec ses formes lentes et légales, et à l'immiscer dans des affaires qui ne pouvaient être que purement militaires, puisqu'on en était au début de la conquête. De là devait nécessairement résulter un grand trouble dans l'administration toujours envahissante, mais toujours incertaine. La surveillance était impossible, la qualité des employés plus difficile à apprécier, et cette prétention de rendre sujet à l'impôt et aux nouvelles lois qu'on lui apportait, un peuple une heure après l'avoir vaincu, ne pouvait amener que des résultats déplorables. Pour tout dire, en un mot, on a commencé par où l'on aurait dû finir.

C'est sans doute en conservant cette base vicieuse qu'on est arrivé à perpétuer tout ce qu'il y a de mauvais dans l'administration civile de l'Algérie.

Qu'a-t-on voulu dans ces contrées? introniser notre mode d'administration avec toutes ses formes, avec tous ses moyens légaux, tels que nous les comprenons, nous qui sommes arrivés, après une grande révolution, au milieu du XIXe siècle; c'est-à-dire que, sans tenir compte de l'état de la société des Arabes, de la civilisation, du degré où elle se trouvait, on a voulu les faire bénéficier du fruit de plusieurs siècles de lutte de la part des gouvernants contre les gouvernés, de l'expérience que nous avons si longuement et si chèrement acquise; en un mot, on a voulu habiller un Arabe à la française. Ce projet, qui prenait sa source dans des intentions humaines et libérales sans doute, est inexécutable en Afrique, et nous le démontrerons. Il a de plus la prétention, aux yeux de ces peuples, d'abuser du droit de la victoire en imposant nos mœurs et nos lois. Car, quoique nos mœurs et nos lois soient plus douces et plus justes que les leurs, elles sont loin de paraître telles aux Arabes; et au lieu de les accepter comme une amélioration à leur position, ils considèrent cet acte comme un acte de despotisme et de tyrannie. Il n'en pouvait guère être autrement. C'est la première fois, en effet, qu'un peuple vainqueur veut brutalement et sans transition substituer ses coutumes et ses usages à ceux d'un peuple vaincu. L'Arabe n'a avec nous aucune affinité pour la religion, pour la langue, pour les mœurs; il est éloigné de nous jusqu'à l'inimitié, jusqu'à la haine que le nom chrétien lui inspire : vainement a-t-on pensé à une fusion que quelques années pouvaient amener, et qui n'est possible au plus tôt qu'à la troisième génération. On n'a pas été plus heureux dans ces prévisions imprudentes; l'état actuel de l'Algérie le démontre évidemment, et moi-même j'en pourrais citer plusieurs preuves, si déjà l'histoire n'en donnait à chaque page. Pour ma part, cependant, j'en donnerai une qui est caractéristique.

En 1845 je traversais, à la tête de ma colonne, la grande tribu des Béni-Meslem. Je fis prévenir les pâtres ou bergers d'avoir à retirer leurs troupeaux de la route et à les mettre à l'abri, tant pour ne pas gêner la marche des troupes que pour inspirer la confiance. Mon étonnement fut grand quand je vis qu'ils n'en avaient rien fait. La route tout entière était bordée de leurs troupeaux, qu'ils laissaient paisiblement paître. Comme je témoignais ma surprise, sur cette extrême confiance, à un chef arabe accouru sur mon passage : « Ah! me répondit-il, tu es chrétien, et les Arabes savent bien que tu ne leur prendras rien.

— Et pourtant, ajoutai-je, les propriétaires de ces troupeaux se tiennent éloignés ou se cachent à notre approche; pourquoi cela? »

Il baissa la tête, et je compris.

« Quand Abd-el-Kader vient dans le pays, reprit-il aussitôt, on fait tout le contraire. Les troupeaux sont renvoyés loin, bien loin dans les montagnes, mais les Arabes viennent en foule saluer leur sultan et leur prophète. »

Il y avait quinze ans à cette époque que nous occupions l'Algérie ; depuis quinze ans nous y avions implanté nos colons, nos employés, nos armées ; depuis quinze ans le frottement journalier des Français et des Arabes avait lieu dans tout le territoire conquis, et tel était le seul fait qui résultait de tout cela, que l'Arabe avait confiance dans la probité du chrétien, qu'il ne retirait pas ses troupeaux par crainte du pillage, mais qu'il aurait pris le fusil pour le combattre. Il n'aurait pas marché sous le drapeau français qui aurait respecté ses propriétés, et il se serait fait tuer sous le drapeau d'Abd-el-Kader qui prenait violemment son bien quand il le trouvait sur son passage. C'est que, comme le disait le chef arabe, Abd-el-Kader est son sultan et son prophète : deux qualités, deux prismes qui sont indestructibles, qui dominent tout, qui envahissent tout, font taire tout sentiment et toute répugnance, car ils reposent sur le fanatisme et sur la croyance aveugle ; c'est qu'ainsi que je viens de l'écrire, l'Arabe est éloigné de nous jusqu'à l'inimitié, jusqu'à la haine que le nom chrétien lui inspire. A quoi servaient donc ces brusques renversements de leurs lois, de leurs mœurs, de leurs coutumes, en posant le pied sur le territoire d'Afrique pour y substituer les nôtres; à quoi ont-ils servi depuis quinze ans? La civilisation arabe est-elle assez avancée pour comprendre ces garanties, ces formes légales que nous avons conquises, pied à pied, dans nos sociétés policées? Peut-on les leur expliquer? Avons-nous le même code? Ont-ils les mêmes besoins? Placent-ils leurs libertés et leurs garanties là où nous plaçons les nôtres? Peut-on enfin, dans l'espace de quelques années, les amener à cet état de civilisation auquel la marche des temps et des choses a employé tant de siècles pour nous conduire nous-mêmes? Et quand on serait parvenu à leur expliquer, à leur faire comprendre que notre société valait mieux que la leur, que nous leur apportions en présent notre civilisation et notre légalité, n'auraient-ils pas trouvé parmi leurs poètes et leurs promoteurs de légendes qui fourmillent sur cette terre de feu, des gens qui leur auraient répété ce vers de Virgile :

Timeo Danaos et dona ferentes.

C'est que, réellement, tel est le premier sentiment qui s'élève dans le cœur de l'Arabe à la vue d'un chrétien; car il ne consulte que son fanatisme et sa croyance, et s'il nous croit probes et honnêtes à l'endroit des propriétés, il nous croit faibles et timides à l'endroit de notre justice envers lui. Toutes ces mesures, toutes ces lenteurs légales, saintes et salutaires en France, sont ridicules et timorées en Algérie. L'Arabe, sortant du joug de fer des Turcs et des deys, de ce gouvernement inexorable où la plus grande comme la plus petite faute était punie d'une seule peine, la mort, prend la générosité pour de la crainte, le pardon pour de la lâcheté; il n'est pas donné à un peuple demi-sauvage de comprendre la clémence. L'Arabe suspecte la nôtre et cherche au-delà d'autres motifs. A part la probité, rien de bon à ses yeux ne peut germer dans l'âme d'un chrétien, et la haine qu'il a pour nous par devoir, par religion, ternit tout à ses yeux. Une autre circonstance qui est venue corroborer son opinion dans notre conduite, sont les présents dont on a fait un si grand abus. C'est bien mal connaître le caractère de ces peuples, que de croire qu'on peut se les attacher ainsi. C'est au contraire le moyen le plus sûr de désaffection à employer. Ce n'est pas que dans certaines circonstances, ce moyen ne soit utile, mais il doit devenir une exception et non une règle générale, comme on l'a établi jusqu'ici. L'Arabe qui reçoit le présent, ne voyant pas le motif qui nous guide, croit que c'est pour le ménager qu'on agit ainsi; de là, il conclut que nous sommes les plus faibles, et que lui est le plus fort; dès lors, tout change. Il attend avec patience, s'il le faut, et comme il ne connaît pas, lui, la générosité envers le chrétien, son ennemi religieux, son vainqueur et son oppresseur après tout, à la première occasion il se tourne contre nous, et c'est avec les armes que nous lui avons gracieusement offertes, avec la poudre dont nous l'avons gratifié en signe d'amitié et de munificence, qu'il porte la mort dans nos rangs. Ces exemples sont assez fréquents pour que nous n'ayons pas besoin de les citer. On se rappelle encore les armes et les munitions dont des envois si énormes furent faits inconsidérément à Abd-el-Kader, pendant le traité de la Tafna. Quel aveuglement! comme si, dans une trêve avec son ennemi, on était obligé de lui donner des munitions?

Mais la haine naturelle à l'Arabe pour le chrétien va plus loin encore, et elle l'emporte jusque sur la foi jurée.

Le petit nombre d'Arabes qui nous est resté fidèle ne nous aime pas et ne peut pas nous aimer. Les bons traitements, la munificence, le bien-être civilisé, les garanties légales n'empêchent pas la trahison. Ne comprenant pas la générosité et l'honneur de notre part, l'Arabe ne la comprend pas de la sienne; l'expliquant à sa manière, donnant à la nôtre un but hypocrite qui le dégage de reconnaissance, un but de faiblesse qui le rend plus audacieux, il met sa conscience à l'aise pour ne pas tenir ce qu'il a promis sous la foi du serment, et ne croit pas mal faire en agissant ainsi. Un exemple sur mille attestera ce que j'avance; je cite celui-ci comme le plus récent.

Un nommé Hadj-Mohammed-ben-Karoubi, ancien secrétaire d'Abd-el-Kader, avait eu sa famille prisonnière à la Smala. Cet homme, ne pouvant plus rester séparé de ses affections, se présenta à nos avant-postes, assurant qu'il quittait la cause de l'émir, et qu'il venait franchement à nous. Il était évident, d'après sa démarche, qu'il ne se rendait que pour sa famille, et dès lors il devait être au moins suspect et surveillé de près; mais ce chef fut accueilli à Alger avec des égards qu'on ne doit qu'à ses amis les plus dévoués, et reçut en outre un traitement de 12,000 francs. Hadj-Mohammed était certes dans les conditions les plus favorables pour rester fidèle au parti qu'il était venu embrasser de son propre mouvement, et qui l'en récompensait d'une manière si honorable. Pourtant il n'en fut pas ainsi, et quoiqu'il vît à Alger les choses de plus près que les autres Arabes, il ne tarda pas à succomber au fanatisme et à la croyance que nous avons expliqués. Dès qu'il fut question, dans ces derniers temps, de l'approche de l'émir du côté de l'est, il s'empressa de se mettre en correspondance avec lui, trahissant à la fois le gouverneur-général, dont la bienveillante protection s'étendait sur lui, et le pays qui donnait un si brillant asile à lui et à sa famille.

Qu'attendre de la reconnaissance des Arabes après de pareils exemples? Qu'attendre de leur fidélité dans la foi du serment? Mais le fait que je cite a encore son complément pour la morale de ce que j'écris.

Convaincu de trahison, Hadj-Mohammed est arrêté, mais il ne passe même pas en jugement, on ne songe pas à en faire un exemple, on l'envoie tout simplement en France.

Je conçois qu'on n'ait pas assez réfléchi lorsqu'il s'est agi d'accueillir un homme suspect au milieu de nous; qu'au lieu de le surveiller, de le traiter presque en prisonnier, on l'ait traité en allié : on a cru l'enchaîner par des bienfaits. Mais dès l'instant qu'il les a méconnus, du moment qu'il a montré un tel mépris des choses les plus sacrées, qu'il a fait parade de l'ingratitude qui est un vice chez les sauvages comme parmi les nations policées, je ne conçois pas qu'on ait étendu sur lui une clémence aussi extraordinaire et qui, dans cette occasion, peut devenir coupable? Car quelle idée peuvent se former ces peuples de notre justice, en voyant cet exemple de trahison monstrueuse si légèrement puni? Ils auront cru sans doute plus encore à nos craintes, à notre faiblesse. Hadj-Mohammed tenait de près à l'émir, c'est ce qui nous aura retenus, auront-ils dit; nous aurons reculé devant la colère d'Abd-el-Kader, en n'osant faire un exemple d'un de ses secrétaires. Enfin, il passera pour certain en Algérie qu'alors qu'on est bien accueilli, bien traité par la France, on peut la trahir d'une manière aussi indigne sans s'exposer à autre chose qu'à une captivité dans notre pays.

C'est à propos de cette manière de régir ces peuples que je sens surtout la difficulté de ma tâche. Conseiller la rigueur paraît toujours atroce et cruel; on dira que je porte ici mes habitudes de justice militaire, si expéditive et si terrible pour le reste des hommes. Cependant, au risque de toutes ces accusations qu'on formulera contre moi, à mon tour, je dirai ma pensée, je dirai la vérité avant de déposer la plume.

Je viens de prouver que la générosité ne pouvait nous ramener les Arabes. Je dis maintenant que la clémence ne saurait nous les ramener davantage. Nous ne viendrons à bout d'eux que par la rigueur absolue; et qu'on ne se révolte pas à ce mot avant que je n'aie bien expliqué le sens que j'y attache. Par ce mot, je ne veux pas dire qu'il faille punir l'Arabe et le tuer, par cela seul qu'il appartient à cette race; mais je veux dire qu'il ne faut pas lui pardonner deux fois. La première fois est un essai sur la reconnaissance, je l'admets; la seconde est l'impénitence finale puisée dans son fanatisme qui alimente la haine religieuse et politique. Il est nécessaire, il est humain même de sévir. Oui, c'est être humain que d'être quelquefois sévère et savoir sacrifier deux ou trois chefs de parti, pour que l'exemple empêche le sacrifice de plusieurs milliers d'hommes. Le terrain sur lequel nous marchons en Afrique n'est pas celui que nous foulons en France où les lois répriment, où la morale se fait jour, où la clémence touche et émeut. Pour gouverner avec notre civilisation, il faut s'adresser à des civilisés. Nous avons à faire aux Arabes, régissons-les en Arabes, si nous voulons qu'ils nous comprennent. Voilà pourquoi je demande une rigueur absolue; mais elle ne s'applique qu'aux traîtres et aux révoltés.

Dans un ouvrage récemment publié sur l'Algérie et qui contient de hautes vues et d'excellents principes, *la France en Afrique*, on trouve le passage suivant qui semble contester ce que je viens d'écrire.

« C'est la conquête par la civilisation, mais par une civilisation tolérante, pacifique, humaine, intelligente, qui ne déploie pas un despotisme plus insupportable peut-être que celui du vainqueur sur le vaincu, du maître sur l'esclave, du propriétaire sur le serf, le despotisme des lumières sur les consciences et des idées d'un pays sur un autre, etc. »

Ces théories humaines et bienfaisantes font l'éloge de celui qui les conseille; mais à côté de ces mêmes théories, il faudrait mettre la possibilité de la pratique; or, dans l'état où se trouve l'Algérie, je maintiens qu'il est impossible d'agir comme dit plus bas ce même auteur, lorsqu'il écrit qu'il faut *inviter les Arabes à la paix par la justice, les contenir par une force assez puissante pour rester inactive*, etc. L'auteur de ce livre considère les Arabes comme un peuple soumis; il a tort : ce peuple n'est pas même entièrement vaincu, puisque tous les jours nous combattons encore, et que ce spectacle nourrit le secret espoir de secouer notre joug, dans le cœur même de ceux qui sont nos alliés. Or, pour les soumettre entièrement, pour éteindre en eux toute espérance, il faut déployer une rigueur qui les épouvante. L'Arabe ne songera à se frotter à notre civilisation que lorsqu'il sera réduit à l'impuissance, et l'impuissance peut résulter pour lui d'une salutaire terreur. La soumission entière, la suite des temps et la colonisation sérieuse peuvent seules amener la pratique des théories que nous venons de rapporter, et dont nous parlerons plus tard. Mais dans l'état où se trouve l'Afrique, le tenter tout-à-coup est folie, plus encore, c'est faute ; car on engloutit sans profit du temps, de l'argent et des hommes; et je viens de le démontrer, c'est pour avoir pris cette voie, qu'on n'est guère plus avancé aujourd'hui que le premier jour.

L'auteur du livre que nous venons de citer a tellement senti la nécessité de ce que nous avançons, qu'il dit plus tard lui-même dans son style énergique (page 125, § III) : « Vaincu, « l'Arabe est toujours prêt à relever la tête, et « l'on ne peut le dompter qu'avec un mors « aussi fort que son coursier. »

Après avoir parlé du mode général de l'administration civile, j'arrive à quelques observations de détails sur la manière dont on opère en Afrique ; et d'abord, la répartition du nombre des employés est aussi démesurée qu'inintelligente. Il y a en Afrique telle localité où le nombre des administrateurs et des employés dépasse proportionnellement celui des administrés. Sans doute, il est bon, il est urgent que, sur le littoral, par exemple, et sur les autres points où les populations sont agglomérées, l'action civile fasse sentir son autorité. C'est une nécessité, mais c'est en même temps une exception. Pourquoi étendre cette même action, qui traîne une armée d'employés à sa suite, à des contrées où ces intérêts ne sont ni assez importants, ni assez évidents pour le demander. C'est là que la règle du mode uniforme se fait sentir lourdement au budjet, amène la confusion et les lenteurs par les mille mains inutiles entre lesquelles passent toutes les pièces, tous les états, tous les documents. Signaler cet inconvénient, c'est signaler en même temps le remède à y apporter; l'abus est d'autant plus facile à détruire, qu'il est plus évident et plus grave.

Ensuite, quand on a voulu s'occuper sérieusement de l'action civile sur les Arabes et pour les bien administrer, on a commencé par leur ôter toute administration. Le mode turc, sur les errements duquel nous ne voulons pas marcher, mais dans lequel aussi il fallait puiser tout ce qui pouvait nous servir, a été mis entièrement de côté pour y substituer le nôtre, moins efficace, moins simple et moins sûr. On en pourra juger par la comparaison que je vais faire.

Sous le gouvernement des Turcs, il existait des tribus appelées Marghzen qui jouissaient de grandes immunités, telles que celles de ne pas payer l'impôt, espèces de janissaires qui se chargeaient en contre de faire rentrer au gouvernement (Beylick) ce même impôt et les amendes auxquelles les autres tribus étaient taxées. Ils avaient en outre un dixième qu'ils prélevaient de leurs mains en sus des sommes fixées par le Beylick.

Ce moyen était simple, ainsi que je l'ai dit, sûr et peu coûteux. Sans songer qu'on allait s'aliéner les tribus Marghzen, qu'on ruinait entièrement, et qui s'en sont vengées dans toutes les occasions, on a établi un mode de perception long, onéreux et souvent impossible.

On a conservé aux kalifats ou agas dix pour cent sur la perception des sommes imposées, sur lesquels on a alloué aux caïds une commission de deux et demi à trois pour cent, mais avec ces deux différences notables qu'au lieu de les laisser se payer par leurs mains, ils ne peuvent toucher que sur mandats, à la fin de l'année, après l'apurement des comptes. Et au lieu d'exiger, comme par le passé, cette rétribution du dixième que l'Arabe était obligé d'ajouter à son impôt, on ne l'a astreint qu'au paiement de la somme à laquelle il est tarifé, en faisant supporter la commission du dixième au trésor. On n'a pas manqué de faire ressortir aux yeux des Arabes cette diminution, qui en est une réelle, mais qu'ils ont eu peine à comprendre et à apprécier. Et d'ailleurs, si d'un côté on leur a fait du bien, de l'autre on a nui aux finances de l'État, non-seulement en le grevant de ce dixième, mais encore en arrangeant les choses de manière à ce que la perception des impôts ne présentât plus aucune espèce d'intérêt à ceux qui sont chargés de les recouvrer. En outre, à la place des tribus Marghzen, qui ne coûtaient rien au Beylick, on a formé de leurs débris des *goums,* dont les cavaliers sont payés à raison de 30 fr. par mois, force sur laquelle on ne peut même pas compter. Nous en avons fait l'expérience dans les derniers évènements.

De là sont résultés une confusion profonde, un désordre universel; car, pour arriver à l'exécution, l'administration civile persévérant dans la même erreur, et voulant opérer comme en France, même au fond de l'Algérie, a hérissé d'instructions particulières, entouré de mesures minutieuses, la reddition des comptes des kalifas, des agas et des caïds. Ainsi, dans toutes les divisions, il était prescrit que chaque caïd serait tenu de se rendre tous les mois au chef-lieu de la subdivision et d'apporter son carnet, où seraient mentionnées les amendes, afin que le général-commandant pût les inscrire à son tour sur le livre qu'il tient à cet effet. Il y avait des difficultés immenses à faire exécuter ces instructions à une partie des caïds, qui ne sait même pas écrire. Quant à ceux qui possèdent ce degré d'instruction et qui auraient voulu fidèlement exécuter ce qui leur était ordonné, ils n'auraient pu en venir à bout, car ils auraient été obligés de faire une moyenne de vingt lieues par mois, et autant pour le retour, d'employer huit ou dix jours de leur temps pour venir à bout de leur besogne, et ils n'auraient tiré pour immunités que la faible somme de deux et demi à trois pour cent à percevoir sur une moyenne de 100 fr., c'est-à-dire au plus 3 fr.

Il est facile de comprendre que les trois quarts des caïds ne pouvaient se conformer à ces instructions; l'administration civile n'en persévérait pas moins dans sa marche. L'administration militaire déclara alors cette marche inexécutable, et elle était plus à même de constater le fait que l'administration civile, car il est à remarquer que cette dernière ne connaît aucun des administrés de cette nature. Une lutte s'établit entre ces deux autorités; mais l'administration centrale d'Alger ne voulut pas avoir tort, persista, et on fut obligé de céder. Plus tard cependant on dut reconnaître les impossibilités signalées par l'autorité militaire, et aujourd'hui on force plus les caïds à se déplacer, mais on peut se figurer ce que doit être, pour un Arabe, la faible somme que nous avons indiquée, et qu'on lui fait attendre si long-temps. On peut se figurer, en encourageant la cupidité et la friponnerie de ces peuples, les exactions qui sont journellement commises, et desquelles n'étaient même pas exemptes les perceptions faites par les Margzen, qui, du moins, ayant la certitude de se payer par leurs mains, n'attendaient pas une année la rentrée de l'argent légitimement acquis par eux. Cette condition est surtout déplorable pour l'Arabe, plus pressé de jouir que tout autre peuple, et qui d'ailleurs aime mieux dix sous comptant que dix francs en promesse.

Aussi, en outre de leur déception de ne pas recevoir immédiatement la rémunération de leurs peines, on ajoute au sacrifice de dix pour cent que ne faisaient pas les Turcs, celui de payer 30 francs par mois à chaque cavalier du goum. Cette charge est tellement lourde, que dans la seule subdivision de Mostaganem, il y avait à payer 6,000 francs par mois. Je les réduisis à moitié, car, consciencieusement, c'était trop payer pour trop peu de service; et, en fait, ce n'est jamais au vainqueur à payer le vaincu.

Tel est aujourd'hui le mode de paiement d'impôts établi en Afrique. Tel est l'état auquel on a amené l'administration arabe dont on s'est peut-être trop préoccupé. Car si l'on avait considéré la colonisation comme sérieuse, on aurait dû voir que la partie européenne devait s'étendre dans le pays et porter partout ses traces, devant lesquelles les Arabes auraient reculé d'eux-mêmes, sans craindre d'être dépossédés violemment ni injustement. On n'aurait pas besoin d'avoir recours à ces moyens dans un pays qui ne compte que deux millions d'habitants, tandis que la superficie en pourrait nourrir dix. Quant aux tribus révoltées contre nous après des soumissions si souvent répétées, et les exemples sont nombreux, on ne pourrait taxer d'injustice l'acte qui s'emparerait de leur terres. Dès lors, on aurait dû conserver purement et simplement, pour les Arabes seuls, ces tribus de Marghzen avec leurs priviléges et leur inexorable exécution, et établir pour la partie européenne des agents français. De là serait résultée naturellement la comparaison entre l'administration arabe et française, et cette comparaison ne peut être qu'à notre avantage; car celle des Arabes Marghzen elle-même fourmille toujours d'exactions et de rapines. Peu à peu, les Arabes victimes des déprédations de leurs nationaux, auraient trouvé le courage de se plaindre; justice leur eût été rendue, et dès ce moment, notre administration, consolidée en Algérie, pourrait enfin, sinon régir d'abord l'Afrique tout entière, du moins rejaillir sur tout, et imprimer ce degré de probité et de confiance sans lequel les peuples ne peuvent être sagement gouvernés.

Pour arriver plus sûrement à ce résultat, il faudrait faire marcher en même temps la colonisation; autre conquête à faire pour s'implanter dans le pays; conquête morale qui doit gagner, non pas les cœurs, il faut y renoncer pour long-temps, mais les esprits par les avantages, par le commerce, par l'industrie qui seront offerts aux indigènes; conquête matérielle qui doit créer des intérêts assez importants pour se suffire seuls, quand ils seront arrivés à ce degré qu'une population agricole respectable soit en état de se défendre elle-même, de voir diminuer l'effectif de l'armée d'occupation et les dépenses exorbitantes qu'elle nécessite.

« La guerre n'a pu vaincre Abd-el-Kader, dit « l'auteur de *la France en Algérie*, eh bien! la « colonisation vaincra la guerre. »

D'accord en cela avec cet auteur et dans cette autre chose qu'on ne saurait trop se presser, car la paix du monde, malgré notre esprit pacifique, peut être troublée d'un instant à l'autre, je reviendrai, comme je l'ai fait, sur le passé pour démontrer les fautes qu'on a faites, afin d'en prévenir le retour.

En toutes choses, les fautes du passé sont les leçons de l'avenir.

Qu'a-t-on fait jusqu'ici pour coloniser? Quels efforts a-t-on tentés? Quels encouragements, quels secours a-t-on accordés?

Il faut avoir été témoin de l'envoi des prétendus colons en Algérie pour s'en faire une idée. C'étaient les gens les moins propres à le devenir, quand ils n'étaient pas pris au sein de l'écume de la population. Aucun n'avait les moindres notions d'agriculture; ils avaient tous des professions qui, par les habitudes contractées dès leur enfance, les éloignaient des rudes travaux de la terre, les avaient mis hors d'état d'en supporter les fatigues. Ces gens, amenés à grands frais, nourris sur les vaisseaux de l'État, une fois débarqués en Algérie, se trouvaient sans asile et sans pain, et tendaient la main dans les rues.

L'autorité militaire était obligée de subvenir à leur existence, en leur allouant la ration du soldat, et souvent un abri jusqu'à ce que, rembarqués pour la France, ils retournassent dans la mère-patrie, où ils venaient, par le récit de leurs infortunes, dégoûter ceux qui auraient pu être utiles à la colonisation, de s'embarquer pour l'Afrique. A ce spectacle, on aurait pu se demander s'il y avait intention réelle de coloniser?

Et pourtant tout le monde est d'accord sur cette question que la conservation de l'Algérie tient à sa colonisation, et aujourd'hui, le gouvernement semble vouloir s'en occuper sérieusement. Mais s'il en est ainsi, le gouvernement n'a-t-il donc aucun levier dans sa main pour donner une forte impulsion, et cela sans que le budjet en puisse être grevé d'une manière onéreuse, car il sera toujours obligé à quelques sacrifices. Le gouvernement a voulu donner l'impulsion aux chemins de fer; la France est couverte de ceux qui sont terminés ou dont les travaux sont en plein cours. La question d'Algérie est-elle moins importante sous le rapport des intérêts matériels à venir et des intérêts politiques qui ne permettent plus de regarder comme une terre étrangère, cette plage inondée de tant de sang, et où tant de millions sont venus s'engouffrer. Une volonté ferme, arrêtée, des encouragements, une protection évidente et spéciale pour les colons de l'Algérie, et la colonisation marchera rapidement. Que le gouvernement s'en déclare le chef, qu'il se mette à la tête, qu'il dirige, qu'il conseille, et l'Afrique deviendra française.

On a tant écrit sur la colonisation, on a développé tant de systèmes, que nous craindrions de revenir ici sur tous ces détails. Nous nous bornons à une seule chose. L'Afrique est assez vaste pour faire l'essai des divers projets mis en avant. Qu'on essaie donc d'abord la grande culture avec primes. Qu'on réfléchisse plus mûrement au système de colonisation militaire proposé par le maréchal Bugeaud, système qui, malgré les critiques dont il a été l'objet, a dans le fond quelque chose de noble et d'équitable; car il est juste et rationnel de récompenser le soldat par un coin de cette terre arrosée de son sang et de ses sueurs. Quelques difficultés qu'on trouve dans l'exéution, on doit les vaincre pour réaliser cette grande idée. La plus sérieuse est celle de la nécessité d'un gouvernement militaire sur les colons. Où est le mal? Pour faire une colonie, il est au contraire avantageux qu'elle soit régie par un chef militaire, jusqu'à ce que la colonisation soit assez assise pour former une société. Alors le soldat, colon à bail pendant la durée du service qui lui reste à faire, se trouve récompensé à sa libération par la propriété de la terre qu'il a cultivée. Ces colons, qui n'auront pas oublié le métier des armes, se lèveront à la première attaque pour défendre leurs propriétés et formeront l'armée active, sachant manier à la fois la charrue et le fusil. Qu'on essaie enfin de tous les systèmes, ce sont autant d'Européens implantés sur le sol de l'Afrique, autant d'intérêts créés, autant de défenseurs nés de ce sol, qui, avec le temps, deviendra français.

Mais jusqu'à cette époque, l'Algérie ne saurait être gouvernée que par des lois d'exception, telles que nous les avons indiquées, que par un régime militaire si nécessaire sur l'esprit des Arabes, si salutaire pour des soldats devenus colons, ou pour des colons exposés à devenir soldats. Nous n'entendons pas dire par là que le gouvernement de notre colonie doit être remis à l'arbitraire pur et simple d'un chef militaire ; pour bien rendre notre pensée, nous empruntons les paroles de l'honorable M. Dufaure, dans son rapport à la chambre sur les crédits extraordinaires. Il dit : « L'Afrique, long-temps encore doit être soumise à des règles exceptionnelles, temporaires, appropriées à la situation du moment, diverses selon les populations qu'elles doivent régir et qui ne cèderont que lentement l'empire au droit commun. » C'est ce que nous disons aussi, avec cette différence que nous en tirons des conséquences tout opposées. Le rapport de la chambre conclut à la création d'un ministère spécial, et nous sommes convaincu de l'inutilité de cette mesure.

Créer un ministère spécial pour l'Algérie, c'est multiplier les rouages déjà trop considérables de la machine administrative, c'est augmenter outre mesure les chiffres du budjet, sans profit pour le pays : car si, comme nous croyons l'avoir démontré, l'autorité doit rester long-temps encore entre les mains des Gouverneurs, la spécialité de ce ministère se bornerait à quelques villes du littoral, où les Européens se trouvent en majorité.

« L'armée est tout au moment où elle conquiert, dit le rapport; la conquête achevée, elle remplit plus laborieusement le rôle définitif, etc. »

Le rapporteur pose donc en fait que la conquête est achevée. Si nous l'admettons, cette terre est devenue française, et il n'est pas nécessaire alors d'établir un ministère spécial pour gouverner un pays qui ne forme qu'une adjonction à la France, qu'une province qui doit être soumise, comme tout le reste, aux diverses administrations auxquelles ressortit tout le royaume. On n'en a jamais établi pour la Corse dont les mœurs, les lois, les coutumes ont si long-temps différé et diffèrent encore des nôtres. Sous l'empire, lorsque Napoléon réunit à sa couronne, la Hollande, les États du pape, les villes Anséatiques, il ne créa pas de ministère spécial pour gouverner ces royaumes. Si, au contraire, ce qui est seul vrai, la conquête n'est pas achevée, pourquoi enlever l'Algérie au ministère de la guerre. L'inutilité de cette création résulterait seule de ces deux hypothèses; mais pour nous placer dans le vrai, nous devons répéter ici ce que nous avons démontré jusqu'à l'évidence, ce que les bulletins démontrent journellement mieux que notre écrit, que cette conquête, si on veut qu'elle soit achevée, ne nous laisse paisibles possesseurs ni du sol conquis, ni des hommes soumis à nos armes. Le pays est contenu peut-être, mais il n'est pas conquis, et il y a dans cela une différence notable. Or, dans cet état, qui ferait-on ministre spécial de l'Algérie? Un militaire? Pourquoi donc enlever l'Algérie au ministre de la guerre? Ce serait établir un conflit entre les deux ministres. Mais, évidemment ce n'est pas là l'esprit du rapport; c'est à un administrateur civil qu'on veut confier cette autorité. Qu'arrivera-t-il alors lorsque la guerre continuant, comme elle existe en ce moment, le gouverneur sera obligé de soumettre ses plans de campagne au ministre de l'Algérie. Ce ministre sera-t-il en état de juger en connaissance de cause, d'apprécier, d'approuver ou de critiquer ces plans? Non, certes, et le gouverneur lui-même voudra-t-il recevoir des instructions d'un homme qui ne pourra le comprendre? Il faudra nécessairement en venir, dans ces occasions, à rendre au ministre de la guerre son autorité naturelle et spéciale. Dès lors conflit nouveau entre les ministres. Bien plus, la nécessité de laisser l'omnipotence militaire au gouverneur, à cause des circonstances, se fera sentir immédiatement. Quel sera alors le rôle du ministère spécial? Suspendra-t-on momentanément l'autorité civile pour tout donner à l'autorité militaire, jusqu'à ce que, le calme rétabli, tout rentre au ministère civil? Mais ces oscillations funestes seraient impossibles et ne feraient que compromettre l'administration générale au lieu de l'affermir. Et pour qu'on ne se figure pas que nous voulons prévoir des choses qui ne sauraient arriver, qu'on examine l'état actuel de l'Algérie; qu'on se rappelle les derniers évènements de l'Ouest, alors qu'on disait aussi que la conquête était achevée, et l'on se convaincra que tout ce que nous venons de dire est non-seulement dans l'ordre des choses possibles, mais indispensables. Nous croyons donc, pour notre part, qu'il serait funeste à l'Algérie de la distraire du ministère duquel elle dépend et auquel elle doit rester attachée pour long-temps encore.

Nous résumerons donc notre opinion par ces trois points principaux :

Pour la conquête, faire descendre progressivement l'effectif de l'infanterie à 60,000 hommes; augmenter dans la même proportion l'effectif de la cavalerie, en le portant à 15,000 chevaux, dont 2,000 pour la province de Constantine. Enfin, employer cette cavalerie comme nous venons de le dire, en la plaçant dans la plaine et non sur le littoral.

Pour l'administration, reconstituer, sous la direction des bureaux arabes, les tribus Margzen, en suivant le mode de perception d'impôt établi par les Turcs, et, laissant les agents français sur le littoral seulement, déployer avec les Arabes une sévérité salutaire qui prévienne le retour de ces soumissions si souvent renouvelées et si souvent oubliées.

Pour la colonisation, essayer tous les systèmes qui doivent créer autant d'intérêts européens en Afrique, s'arrêter au meilleur que désignera l'expérience, et puiser l'impulsion de ce grand œuvre dans la protection et les sacrifices que devra accorder le gouvernement.

Maintenant, il est une dernière question à résoudre, question d'actualité et de souvenir sanglant, question d'avenir menaçant, question qui peut tout compromettre, si le gouvernement ne se hâte pas de la trancher. Nous voulons parler, tout le monde l'a deviné, de la position d'Abd-el-Kader sur un territoire neutre. Cet ennemi de la France, retiré aux frontières de l'Algérie, fomente incessamment un foyer d'insurrection dans un lieu inviolable, aux termes du traité de Tanger. Sera-t-on contraint de le laisser encore longtemps faire? Eh! quoi, Abd-el-Kader, au milieu de sa deyra, recrutera partout des ennemis de la France, menacera sans cesse nos possessions pour y exercer ses rapines, excitera le fanatisme des Arabes, perpétuera l'esprit de révolte, renouvellera les massacres de Sidi-Brahim, et, parce qu'il pourra se retirer sur ce coin de terre protégé par un traité que nous avons signé comme vainqueurs, nous n'irons ni l'y saisir, ni l'en expulser. Nous le laisserons paisiblement organiser contre nous la guerre de partisans et de fanatiques? Cette condition qui nous est faite est intolérable, révolte à la fois l'honneur national et la dignité du pays, et fait interpréter d'une manière absurde la lettre du traité. De deux choses l'une : ou Abdéraman est de bonne foi, et alors il doit expulser l'émir de ses états et ne lui laisser aucun asile, car si la lettre du traité établit la neutralité du territoire, son esprit la détruit du jour où ce territoire sert à protéger les projets d'un ennemi contre nous, son esprit veut par tous les moyens possibles mettre Abd-el-Kader hors d'état de nous nuire; ou l'empereur de Maroc est de mauvaise foi ou dans l'impuissance de faire respecter son autorité par les tribus de son empire, alors qu'il en appelle à nos armes. Dans ces deux cas, elles doivent être prêtes à marcher avec lui ou contre lui. Nous ne pouvons douter de la sollicitude du gouvernement à ce sujet, aussi nous bornons-nous à poser, sans donner les moyens de la résoudre, cette dernière question à laquelle tient et tiendra toujours la possession paisible, la colonisation, en un mot, tout l'avenir de l'Algérie.

FIN.

www.ingramcontent.com/pod-product-compliance
Lightning Source LLC
LaVergne TN
LVHW010056230826
846091LV00005B/1950
9782011793867